大正浪漫

YOASOBI『大正浪漫』原作小説

NATSUMI

双葉文庫

contents 目次

大《たい》正《しょう》浪《ろ》漫《まん》

YOASOBI

『大正浪漫』原作小説

プロローグ

時翔《ときと》。とてもお気に入りの、僕の名前。

ひいおばあちゃんが自分の子どもか孫につけたがっていたけれど、なんと全員女の子だったからつけられなかった名前らしい。僕が生まれたときに、それを思い出した母さんがこの名前をくれたんだって。

でもなぜひいおばあちゃんはこの名前をつけたかったのだろう。

僕がその理由を知るのは、もう少し先の話。

第一章

時翔

二〇二三年一月。

「じゃあ今から宿題テスト返すぞ」

予想以上に早いテスト返却に、教室の温度が一気に上がる。中間テストのない三学期の成績は宿題テストの比重がかなり大きい。中高一貫校だから高校受験はないけれど、みんななんだかんだ成績は気にしているようだ。

「時翔、いつものアレ、な」

後ろから樹《いつき》がそう言ってくる。

アレ、とは点数の競争だ。僕の歴史と、樹の数学。苦手科目どうしで競って、敗者は缶ジュースをおごる。でも今回は自信がないな。

「お前、なんでそんなに歴史苦手なわけ？」

放課後。体の芯まで冷えそうな北風が吹くなか、樹が温かいコーンポタージュをおいしそうに口に含みながら笑う。

ここ最近、僕は毎日野球部の練習があったから樹と帰るのは久しぶりだ。今日みたいに部活のない日は、いつも二人の家のまん中あたりで自転車を停めて無駄話に花を咲かせる。

「なんか好きになれないんだ。そもそも過去の出来事を覚えたって、将来役に立たないし」

「そんなこと考えてたらキリねえよ。先人たちに感謝して勉強しろ」

「なんだそれ」

「そんなことより芽衣《めい》ちゃんの話聞いてくれよ。この前俺が帰ろうとしてたらさ――」

樹はまた芽衣ちゃんの話を始めた。僕はかなり前にやめてしまったが、樹も芽衣ちゃんも忙しいのに水泳を続けている。といっても樹に関しては、他校だから水泳教室でしか会えない芽衣ちゃんに会うのが大きな理由なのだろうけれど。

「時翔も恋しろよ。早くしないと、あと一年で中学終わるぞ」

「男子校だってのに無茶言うな」

「それもそうだな。でもお前いいヤツだからもったいねえよ。俺が女だったら時翔が彼氏候補第一位だったのに。みんなもそう言ってたぞ」

「なんでだよ、ちょっと嬉《うれ》しいけど」

「そういうとこだよ。おっ、もうこんな時間だ。水泳行かないと。じゃあな」

「また明日」

樹と別れて自転車を押しながら歩く。

僕の住むマンションの近くには、樹齢三百年を超える一本の大きなしだれ桜の木がある。その下に座って過ごすのは至福の時間だ。今あるつぼみが、春に満開になるのが待ち遠しい。噂《うわさ》によるとその桜の木には恋愛の神様が宿っているらしく、学校行事やバレンタイン前にはちょっとした人だかりができている。

僕もいつか、誰かに恋をするのだろうか。あと四年は男子校生活だから無理かもしれないな。

サアァ――――

冷たい風に頬が焼ける。

雪が降ってきた気がして視線を上げると、春を待つ木が僕に笑いかけるかのようにざわめいていた。

「ただいま」

「おかえり時翔。テスト返ってきたんだって？」

ママ友内で顔が広い母さんは、いつも情報が早い。

「あ、うん」

「どうだったの？」

「まあ……全体的によかったよ」

歴史以外は、と都合の悪い事実を心の中でつぶやき、それ以上は突っこまれないように、急いで自分の部屋に入る。

僕の部屋は、我ながら整理整頓ができていてきれいだ。だから机の上に覚えのない紙きれが置かれていることにはすぐに気が付いた。

「なんだこれ」

畳《たた》まれていた紙きれを開いてみると、そこには『百年後』という文字と、その下に箇条書きでいくつかのことが書かれていた。

「なんだこれ」

理解を超えた内容に、同じ言葉が二度、口から漏れる。心底意味がわからない。たまに弟の裕翔《ゆうと》が似ていない僕の似顔絵を勝手に置いていくが、裕翔の字はこんなに整っていない。それに内容もよくわからないことばかりだ。『勝手にお洋服を洗ってくれる機械ができている』？　『お洋服』？　『洗ってくれる機械』？　これは洗濯機のことではないのか？

どうしていいかわからないのでとりあえず部屋を出て、リビングでパソコンとにらめっこしている母さんの所へ行く。画面に映っているのは、父さんの勤める会社の業績が絶好調だという見出し。僕の歴史の成績も、何かの間違いで絶好調にならないだろうか。

「母さん、僕の部屋に紙置いた？　裕翔かな？」

「紙？　知らないけど。裕翔も今日は水泳でまだ帰ってないし。どんな紙なの？」

「えっと、なんかいろいろ書いてあって。ひゃくねん……」

僕はふとここで言葉を止めた。根拠はないけれど、あの紙のことは言わない方がいい気がした。それに『百年後の予想みたいなことがいっぱい書かれている』だなんて、何を考えているのかと心配されそうだ。

「いや、ごめんなんでもない。学校で配られたやつだった」

「そう。もうすぐご飯だから、裕翔に連絡入れといて」

「わかった」

言いながらスマホを取り出して裕翔にメッセージを送る。

「そういえば隣の鈴木《すずき》さんが、この前学校でやってた練習試合観てくださってたみたいよ。時翔くん大活躍だったねって」

「鈴木さん、最近会ってないな」

「また見かけたらお礼言っておきなさいね」

「はあい」

部屋に戻り、再び紙きれを開く。一番上に書かれているのは洗濯機のこと。次の『お風呂も勝手に沸いてほしい』もすでに自動だし……。しかもごていねいに、「お風呂が沸きました」ってアナウンスつきだ。でも浴槽洗いまでは自動になってないか。

気づくと僕は紙に書かれている項目の一つを読んではその裏に現状を書き、また次を読んでは書き、を繰り返していた。現時点で存在しないものは、自分の願望なんかも加えたりして。

どれくらいの時間、そうしていただろうか。

「兄ちゃん、ご飯だって」

いつの間にか帰っていた裕翔が部屋に入ってきたので、あわてて紙きれを置いてリビングに向かった。

夕食を終えて部屋に戻ると、先ほど机に置いたはずのあの謎の紙きれがなくなっていた。おかしい。どこを捜してもない。この間誰もここに入っていないし、窓も閉まっている。それにここはマンションの十六階だ。消えた……？

どこから来てどこへ行ったのか。不思議すぎる紙のことが気になって、その日の夜はあまり眠れなかった。

カン、という乾いた音とともに、ボールが三塁線をはうように向かってくる。予想とは違った軌道を描くボールを、左手を右の方に精いっぱい伸ばすことで、何とかグラブに収める。そして同時に不安定な体勢を整え、一塁手をめがけて力強くボールを放った。手紙の謎と睡眠不足が合わさって頭の中はごちゃごちゃだけど、守備の流れは体によく叩きこまれている。

しかし、勢いよく投げたはずのボールはファーストのはるか右にそれ、一塁が埋まった。最悪だ。いつもならできるプレーでミスをしたことにみんなが意外そうに僕を振り返り、監督からも「おーい、どうしたしっかりしろー」と叱《しっ》咤《た》激励が飛んでくる。

その当然の声に返事をしていると、先ほどの投球を振り返る間もなく次のバッターがボックスに立ったので、大きく深呼吸をして構えた。

結局その日の練習はさんざんだった。捕《と》れるはずのボールは捕れないし、捕ったボールを投げる先は判断できないし。今までこんなことはなかったので心底落ち込んだ。何より全力で練習しているメンバーに対して、申し訳ない気持ちでいっぱいになった。

「おい時翔、なにかあったか？」

帰りの準備中に声をかけてくれたのは中学野球部の次期副部長、早坂《はやさか》だ。僕の学校は中高一貫で高校受験がないので部長や副部長の交代は四月だが、早坂を見ていると僕ももっとしっかりしなければと焦る。彼は不調なメンバーがいると必ず声をかけるような気配り上手なので、そんな早坂ではなく僕が次期部長に選ばれたときは盛大なドッキリだと思った。

「いや大丈夫。変なミスばっかしてごめんな」

「気にすんな。悩みがあるなら遠慮せず言えよ。いつでも聞くから」

「うん。いつもありがと」

「急に礼なんか言うなよ。気持ちわりぃな」

「感謝したのに気持ちわりぃってなんだよ」

「感謝なんかいらねえんだよ。準備できたら帰ろうぜ」

早坂は頼りになると思うのに比例して、やはり次期部長は早坂の方がいいのではないかという思いも強くなる。部長になるのが嫌だとか面倒くさいとかそういうことではなくて、むしろ選んでもらえたことは嬉しいけれど、『部長』の重みに耐えられる自信がない。高校の先輩との合同練習の日は先輩たちがまとめてくれるからいいものの、問題は中学だけでの練習日だ。同期や後輩はついてきてくれるのだろうか。こんな僕に。

あの紙の謎がさらに深まったのは、一月が終わる頃だった。

いつものように部活を終えて帰ると、勉強机の上、前と同じ位置に紙きれがあった。そこには前と同じきれいな字で、僕が書いた機械の名前とともにオリジナリティあふれる機械の性能説明が書かれていたが、どれも少しずつ間違っていた。

もしかするとこれは普通のいたずらではないのかもしれない。そもそもいたずらに普通も何もないけれど。そう思い、とりあえず相手の名前を聞いてみることにした。

『あなたは誰ですか？　僕は時翔って言います。

機械の性能、ちょっと間違ってますよ。よかったら一回スマホで検索してみてください。

ていうかこの紙、どうやって持ってきてるんですか？』

「それで……どうするんだ？」

しだれ桜の下、停めている自転車が風で揺れる。今日は樹が朝からずっと元気がないと思っていたら、芽衣ちゃんが受験勉強のために今年度限りで水泳教室をやめるそうだ。中高一貫だから何も考えていなかったけれど、世間的にはもうすぐ受験生だ。

「どうって言われてもなあ、なにも考えらんねえよ」

「だよな」

僕の返事に樹が笑う。

「なにが面白いんだよ」

「いやお前、恋愛がらみの話のときの反応が適当すぎんだよ」

「仕方ないじゃん、うといんだから」

つられて笑いながら、誰かを好きすぎて何も考えられないだなんて、少しうらやましいなと思った。

「そういえば見てくれよ。これ、芽衣ちゃんにもらったんだ」

樹の手には『必勝』という文字がぬわれた真っ赤なストラップ。

「来週の大会のために芽衣ちゃんがくれたのか？」

思わぬ両想いのきざしに驚いていると、樹が眉間《みけん》にしわを寄せた。

「まあな。でも俺だけじゃなく、チーム全員にだ」

「なんだよびっくりさせんなよ。でもよかったじゃん、大会が終わっても持ち歩くつもりだろ」

「当たり前だ」

最初の手紙からおよそ一か月。ようやく相手の名前が『千代子《ちよこ》』であることがわかった。かわいいけれど今どき珍しい、レトロな名前だな。同い年で東《とう》京《きょう》に住んでいるようだし、もしかしたら会って手紙の種明かしを聞くことができるかもしれない。さっそく、よければ一度会ってほしいと手紙に書いてみた。

　しかし手紙を読めば読むほど、前に書いた機械を全て僕の想像だと思いこんでいたり、スマホを知らなかったりと、不思議なことはさらに山積みになった。僕をからかうために知らないふりをしているのか、それとも本当に何も知らない超時代遅れの人なのか。疑問だらけではあったが、僕は文通を続けてみることにした。相手もそのうちこんないたずらに飽きるだろう、なんてまだ半信半疑で。


「時翔と裕翔に話がある」

　夕食中、父さんが急にあらたまって僕らに向き直った。

「なに？」

「実は再来年度から大阪《おおさか》に支社ができるんだが、父さんはそこの指導役に選ばれるかもしれない。まだ先のことだから二人に伝えるか迷ったんだが、時翔には高校受験の心構えをしておいてほしい。裕翔も受験する中学を、大阪も含めて調べておいてほしい」

そう言われて裕翔と顔を見合わせた。他人事と思っていた高校受験が急に目の前に現れて、不安に押しつぶされそうになった。

「どうなるんだろうな」

あのあとすぐに、裕翔が僕の部屋に来た。引っ越しはまだ確定ではなさそうだが、転校だなんてひどく憂鬱《ゆううつ》だ。

先ほどから僕の椅子に座って『考える人』状態の裕翔を見ていると、裕翔の背後、机の上で何かが動いた。

「えっ？」

いや、『動いた』というより何かが『現れた』。そしてその正体は――

「なに？　どうしたの？」

裕翔が不思議そうな目でこちらを見て、後ろを振り返ろうとする。

「いや、なんでもない。ほら学校、早く調べないと」

僕はあわててスマホを出し、裕翔の視線を画面に向けさせた。

『時翔くん
私も時翔くんに会ってみたい。お昼ならいつでも大丈夫だから日程は合わせるよ。待ち合わせ場所は凌雲閣《りょううんかく》でどうかな？　絵はがきで見たことはあるのだけど、実際に入ったことがなくて気になっていたの。
千代子より』

凌雲閣ってどこだ？　そんな場所あったっけ？

裕翔が部屋に帰ったあと手紙に書かれていた場所を調べてみると、凌雲閣は明治《めいじ》時代から大正《たいしょう》時代にかけて東京にあった十二階建てのタワーだった。どうして待ち合わせに、今存在しない場所を指定するのだろう。

『千代子ちゃん
じゃあ会うのは今月最後の土曜日はどう？
場所なんだけど、千代子ちゃんが書いてくれてた凌雲閣って大正時代にあったもので、今はもうないみたいだよ。だから凌雲閣じゃなくて、とりあえず地下鉄の浅草《あさくさ》駅待ち合わせでどうかな？
時翔より』

春休みを前にして、二年の学年末テストが返却され始めた。

歴史の返却はまだだけど、今回はいつもよりはマシな気がする。範囲が戦国時代に近づくにつれて先生の熱量が上がるから、少しは興味を持てるのかもしれない。

「おいおい。今回の数学まじで地獄じゃねえか」

一足先に返ってきた数学の答案用紙を丸めてぼやく樹を見て、今回の勝ちを確信した。しかし同時に、もし大阪行きが確定したら高校ではこの勝負ができなくなるのか、と少し寂しくなった。

その日はいつもより少し早めに部活に向かった。

「時翔」

突然名前を呼ばれて心臓が跳ねた。振り返ると現部長が立っていた。

「こんにちは。早いですね」

「お前こそ。どうかしたか？　最近スランプ気味だし、なにかあったのか？」

「最近練習に集中できてなくて。三年生になったら中学の部長になるんだし、ちゃんとしなきゃとは思ってるんですけど」

「そうか。ほんとに真面目だな」

そう言って素振りを始めた先輩に聞いてみる。

「あの、どうして僕が選ばれたんでしょうか。早坂とか、部長に向いてるやつはいっぱいいるのに」

今までためこんでいた思いを口にすると、先輩は手を止めてこちらを振り返った。

「なに言ってんだ。時翔は野球が上手《うま》いだろ」

でもな、と先輩は続ける。

「一番の理由は、お前の天性の人望《じんぼう》だ」

「え……」

「みんな言ってたぞ。たしかに時翔は完璧ではないけど、周りがついていきたくなるやつだって。そしてそれをしっかり者の早坂が支える。こんな最強の布陣があるか？」

天性の人望。そんなの──

「お前は気づいてないかもしれないが、野球部は全員お前のことが大好きなんだよ。スランプは真面目にやってりゃなんとかなるから、気にすんな」
先輩の予想外の言葉に目頭が熱くなり、視界がぼやけた。

『時翔くん
「大正時代にあったやつ」って、今は大正でしょう？　大正十二年三月二十二日。それに浅草駅なんて聞いたことないよ。どういうことなの？　同い年だって書いていたけれど、時翔くんは現代の人じゃないの？　そもそもこの手紙はどうやって届けてくれているの？
千代子より』

信じられなかった。いや、こんなの信じられる方がおかしいし、信じようと努力している僕がバカなのかもしれない。でも。
調べると大正十二年は今からちょうど百年前だった。最初の『百年後』というタイトルが宛てた先は、今この世界だったのか……？

にわかには信じがたいけれど、この手紙は百年の時を超えて届いているのかもしれない。それを紙に書き、僕が二〇二三年に生きていることを証明するために、今日の新聞の切り抜きを封筒に入れた。封筒で送るのは初めてだけど、今まで通り、ちゃんと届きますように。

「俺らもついに最高学年か。このまま高校もあるから、最高学年感はねえけどな」

「なんだかんだこの一年も高校の三年間も、気づいたら終わってそうだな」

「怖え、一生子どもでいたいわ」

進級式から少したち、ようやくプリントに書く学年を間違えることが減った。くだらないことで笑い転げる樹たちを見て笑顔を作りながらも、僕はずっと暗い気持ちでいる。引っ越しの可能性があることはまだ誰にも言えていない。

引っ越しが決まったら樹たちに伝えないといけないし、部活のメンバーにも何と言えばいいのだろう。野球部の部長を務める自信もまだないのに、それ以前に受験するから部活をやめないといけなくなったなんて。受験がないから引退もないという中高一貫校の部活スタイルを初めて恨んだ。
しかし、昨日届いた大正時代の千代子ちゃんからの手紙は面白かった。百年越しの手紙だと知ってとても驚いていた。当たり前だけど。

『時翔くん
じゃあ時翔くんは未来の人なの？　百年後の東京に住んでいるの？　新聞の切り抜きを見て、信じたいんだけれどすぐには信じられない。でも、きっと本当なんだよね。
百年後の東京はどうなっているの？　時翔くんのいる時代のこと、全部知りたい。

千代子より』

ハテナばっかり。好奇心旺盛なんだな。

千代子ちゃんからの手紙を思い出して、自然と口元がゆるんだ。この時代のことを何から伝えたらいいかはわからなかったけれど、僕なりに頑張っていろいろなことを書いた。高層ビルが立ち並んでいて緑が少ないこと、でも家の近くに古くて大きなしだれ桜の木があること、おしゃれなお店がたくさんあるけど女の子ばかりで入る勇気が出ないこと。機械については、初めの手紙で書いた性能をより詳しく説明した。中でも一番使ってみてほしいのはスマホだということも。

機械について考えていたら千代子ちゃんからの最初の手紙を思い出し、僕も洗濯を手伝うことがあるけど大変だよねと書き足した。以前は家事は全て女性の役割だったみたいだけど、今ではそれもかなり変わってきている。

うまく伝わるように何度も何度も書き直した結果、手紙を書き終える頃には日付が変わろうとしていた。

部活三昧《ざんまい》だったゴールデンウィークが明けた。家に帰ってリビングに入ると、母さんがパソコンに向かって何かを調べていた。

「おかえり。お父さんの大阪行き、決まったみたいよ」

やっぱりか、と思った。嫌だと思いつつも、心のどこかではすでに覚悟ができていたのかもしれない。母さんがパソコンで見ていたのは、新しい家のものらしき間取り図だった。

「母さんは引っ越しが嫌じゃないの？」

「そうねえ、私の仕事はほとんどリモートだし、新しい人間関係を作るのも嫌いじゃないいし。あんたも裕翔も私譲りの愛されキャラだからそこも心配いらないし、嫌ではないわね。受験もきっとうまくいくわよ」

「母さんのその自信はどこから来るんだよ」

有り余っている自信を少し分けてほしい。

それはともかく、違う高校に行くことを、みんなにはどうやって伝えたらいいのだろう。最後まで部活を続けることはできないけど夏まではみんなと一緒に頑張りたいだなんて、欲張りだろうか。

『時翔くん

大きくて古いしだれ桜の木、私の家の近所にもあるよ。とてもきれいだから、近くの写真館にあるカメラが私の家にもあれば、写真を撮って手紙と一緒に送りたかったな。

時翔くんの生活はとても快適そうだね。エアコンってなんだろう。扇子《せんす》がたくさん付いていて、自動であおいでくれる機械なのかな。

スマートフォンは想像もできないけれど、文章のやりとりはこの手紙のようなことだよね。電話は私も知ってるよ。遠くにいても話すことができるんだよね。でも一人一台あるなんて、とても便利そうだね。
そして、時翔くんの時代はたくさんの女の人が外で働いているんだ。私は家事も好きだけど、いつか外でお仕事がしてみたいの。でも両立なんてできるのかな。こっちの時代は洗濯も全部手で洗ってしぼるし、お風呂だって薪《まき》を割って火をおこして温めるし毎日大変。家事のせいで体を鍛えちゃってる気がする。力が強いなんて、恥ずかしいけれど。

千代子より』

引っ越し決定から数日。今日の練習終わりに、ようやく部活のメンバーに退部の報告ができた。秋の試合には出られないけれど、夏休みが終わるまでは頑張りたいということも。そんな勝手なことを言ったらみんなに嫌われるかもしれない、無責任なやつだと思われるかもしれない、なんてことを考えてなかなか言い出せなかったけれど、みんな驚きつつも受け入れてくれた。早坂なんて、泣きながら励ましてくれた。

「時翔、お前のことずっと応援してる。頑張ってくれよ」

いや夏まではいるよ、と突っこもうとしたら僕まで泣いてしまった。

「ありがと。頑張るよ」

「時翔の応援記念に、これから三年全員でラーメン行かね？　時間ある？」

「お前、ラーメン食べたいだけだろ。でもごめん、監督とこれからのこと話すから明日でいい？」

「わかった。楽しみにしとく」

「じゃあまた」

監督との話が終わり、帰りじたくをして駐輪場へ向かうと樹がいた。

「こんな時間までなにしてたの？　水泳は？」

「今日は休み。教室で長野《ながの》たちと話してた。帰ろうぜ」

帰り道を樹と自転車で走る。樹にはまだ引っ越しのことを言っていないが、明日になれば野球部の誰かから伝わる可能性が高いので、今夜連絡をしようと思っていた。だからこれは報告をするいい機会なのだけど、なかなか切り出せない。

樹は一年の頃からの親友で何でも相談できるやつだが、今回はわけが違う。むしろ仲がいいからこそ言いにくい。どのタイミングで切り出すか。どんな顔をして言うべきか。考えれば考えるほど、正解がわからなくなる。

「昨日妹がお前の写真見て、『時翔くんの顔のほくろ、〝夏の大三角形〟みたいだね』とか言っててさ、めっちゃ笑ったわ」

「言われてみたら似てるかもな」

「だよな」

いつものように樹とくだらない話をしながらも、頭はずっとフル回転だ。

そうこうするうちに分岐点。しだれ桜の木が見えてきた。今しかない、と思い自転車を停める。

「なあ樹。実は来年から大阪に行くことになって、それで、」

やっとの思いでそう切り出した僕に対し、樹は意外にも驚いた様子もなくこちらを振り返った。

「知ってるよ。高校受験するんだろ？」

「え、なんで」

「昨日おふくろに聞いた。で、時翔はいつ言ってくれんのかって待ってた」

「そうだったんだ……。報告遅れてごめん。いつ言おうか、ずっと考えてた」

「そんなことだろうと思った。受験頑張れよ。大阪行っても連絡取ろうぜ」

「うん。じゃあまた明日」

ふいに涙がこぼれそうになって、あわてて別れを告げた。最終下校時刻まで長野たちと一緒だった樹が一人で駐輪場にいたことがずっと引っかかっていたが、ようやくその理由がわかった。時間になってみんなで帰ろうとしたときに、適当な理由をつけて一人残ってくれたのだろう。僕を待つために。大勢の前だと引っ越しのことを言いづらいかもしれない、と気づかってくれたのだ。野球部のメンバーにしても樹にしても、僕は友人に恵まれすぎだ。

『千代子ちゃん
もう五月だから花は咲いていないけれど、近所のしだれ桜の写真、撮ったから封筒に入れておくね。千代子ちゃんの時代にもカメラがあるんだね。
エアコンは暑い日に部屋の熱を外に出してくれる仕組みなんだよ。扇子って発想面白いね。
千代子ちゃん、力が強いんだ。家事で鍛えられたなんてすごいよ。勝負したら、きっと僕が負けるんだろうな。僕は優柔不断だし力もそんなに強くないし。自分でも笑っちゃうくらいだよ。

時翔より』

手紙はいつも送ってから二十日で返事が来る。僕はもちろん、千代子ちゃんも届いたその日に返事を書いていると言っていたから、恐らく片道にぴったり十日が必要なのだろう。しかし今回の千代子ちゃんからの返事は、いつもより少し遅かった。

『時翔くん

びっくりした。送ってくれた写真のしだれ桜の木、私の家の近くにあるものとそっくりだよ。時代が違えば私たちの家はとても近いのかもしれないね。エアコン、部屋から熱だけを出してくれるなんてすごい。夢みたいな世界。ところで、「勝負したら僕が負ける」は傷つくよ。近所の男の子からも「女なのに力も気も強い」とからかわれて悲しいの。時翔くんにだけは、そんなこと言わないでほしかったな。

千代子より』

手紙を読んで戸惑《とまど》った。彼女が悲しんでいる理由がわからなかった。いや、頭では理解できるけれど、千代子ちゃんの強さが心底うらやましくてほめたつもりだったので頭を抱えた。どうしよう、何と返事をするのが正解なのだろう。いつもなら誤解だとしても、「ごめん」と折れて波風を立てないように終わらせる。でも千代子ちゃんには正直でいたい。誤解されたなら、解くしかない。

『千代子ちゃん

違うよ。僕は本当に千代子ちゃんのことをすごいと思ってるんだよ。会ったこともないのに「勝負したら僕が負ける」は言い過ぎたかもしれないけど、「女なのに」なんて思ってないし、近所の人からのからかいも気にすることないよ。千代子ちゃんはそのままの千代子ちゃんでいてほしい……って、何言ってるかわからないけど、とにかくありのままでいてほしいな。

時翔より』

手紙の後半は読み返したら赤面するほど恥ずかしいし、我ながら本当に何が言いたいのかわからない。それでもこんな手紙を出す気になったのは、一生顔を合わせることのない相手だから。きっとそれだけ。
それからぴったり二十日後に千代子ちゃんからの返事は届いた。すぐに返事が来たことが嬉しかったし、手紙を読んで、きちんと誤解を解いてよかったと胸をなでおろした。

『時翔くん
そうなのかな。そんなふうに言ってもらったことがなくて正直戸惑ってる。

でもすごく嬉しかった。今までの私を全部認めてもらえたみたいで。時翔くん、前に自分のことを優柔不断だって言っていたけれど、全然そんなことないよ。私のためにこんなにハッキリ言ってくれたんだもの。ありがとう。

千代子より』

「兄ちゃん！　好きな人を遊びに誘うときって、なんて言えばいいと思う？」

勉強を終えて千代子ちゃんへの返事を書こうとしていると、裕翔が僕の部屋に入ってきた。

「どうなんだろう……。ていうか、好きな子ってクラスの子？」

「ううん、水泳教室の芽衣ちゃん。兄ちゃんも知ってるでしょ？」

聞き慣れた名前に耳を疑った。おいおい、芽衣ちゃんは僕と同い年だぞ。そんなことより、樹と裕翔は同じ人が好きなのか……。

「兄ちゃん?」

「あ、いや、そうだな。恋愛とは無縁だからわからないな。また考えとく」

「ほんと? ありがとう」

考えとく、なんて言っても全く役に立たない気はするけど。裕翔も僕の答えにあまり期待していない感じだし。しかし、これは面倒なことになりそうだという予感はした。


「時翔、夏休みに芽衣ちゃんを遊びに誘ってもいいと思うか? 同じ受験生として、お前の意見がほしい」

授業の開始時刻になっても先生が来ず、教室は高揚感に包まれている。昼休み直後に授業を忘れる先生が多いのは気のせいだろうか。しかし僕はそんな浮かれた空気のなか、樹に意見を求められて頭を抱えている。

こういう悪い予感だけ当たるのも、何かの才能なのだろうか。二人の好きな子が同じだという時点で、板挟みは決まっていたことなのだろうけれど。

「えっと、そりゃあ息抜きはほしいかな……。でも勉強も大事だしな……」

どっちつかずな僕の返事に、今度は樹が頭を抱えた。

「なんだそれ。俺はどうすりゃいいんだよ？」

それはこっちの台詞《せりふ》だよ。僕が心の中で大きなため息をついたとき、そろそろマズいと思ったのか、日直が先生を呼びに教室を出ていった。

『千代子ちゃん
否定してくれて嬉しかったけど、僕は優柔不断だ。今も弟と親友の好きな人が同じで、どっちを応援するか決められずに二人にあいまいな態度をとってしまっているし。小さい頃からずっとこうなんだ。大事なことが決められなくて、いつもなにかに悩んでる。
ところで、この手紙が届く頃はもう七月かな？　千代子ちゃんは夏の大三角形って知ってる？　夏の星座を探す目印なんだけど、僕の顔のほくろの位置がそれに似てるって知り合いに言われたんだ。超どうでもいい話だけど、ふと思い出したから書きたくなって。

時翔より』

ようやく一学期の期末試験が終わった。みんなは解放感に満ちているけれど、僕は部活と塾をはしごする日々が続く。いよいよ勝負の夏だ。毎日忙しいけれど、この生活も嫌いじゃない。

それに今日は、手紙を送って二十日が経つ日。そろそろ千代子ちゃんから返事が来る頃だ。

「おかえり時翔。あら、なにか嬉しいことでもあった？　彼女でもできたの？」

母さんに言われて、初めて口元がゆるんでいることに気づく。というかそもそも、どうして僕はこんなに千代子ちゃんからの手紙を待っているのだろう。

「別に。できるわけないでしょ」

言いながら部屋に入ると……あった。やっぱり来てる。封を開ける時間も惜しみながら、僕は急いで手紙を開いた。

『時翔くん
それは優柔不断じゃないと思うよ。迷うのはきっと、弟さんのこともお友達のことも心から大事に思っている証拠だよ。会ったこともない私が言うのは説得力がないけれど、周りの人たちはみんな、時翔くんのことが大好きだと思う。だからそんなに心配しなくて大丈夫だよ。
夏の大三角形は知らないけれど、ほくろがお星さまに似てるって発想、すごく面白いね。
夏といえば、最近は季節の変わり目だから体調崩す子が多くなってる。時翔くんも風邪ひかないように気をつけてね。

追伸　時翔くんの名前ってどう読むの？　今さらで申し訳ないのだけど、教えてくれないかな。

千代子より』

名前の読み方、たしかに教えてなかったけど今さらすぎる！　聞くタイミングを逃し続けていたのかな。なんだかかわいいな。

そういえば以前、千代子ちゃんは僕の言葉で自分が認められたみたいだと言っていたけれど、それは僕だって同じだ。優柔不断なところを捨てようとしなくてもいいんだって思えて嬉しかった。僕は今まで通り、樹の恋も裕翔の恋も応援すればいい。

こんな手紙じゃなくて、きちんと会って千代子ちゃんと話がしてみたい。

『彼女でもできたの？』さっきの母さんの言葉がよみがえる。

もし千代子ちゃんが彼女だったら、なんて。

『千代子ちゃん
ありがとう、千代子ちゃんの言葉ですごく元気が出た。長年の悩みにさよならできそうだよ。

体調の心配もありがとね。千代子ちゃんも元気にしてる？　僕は今日やっと期末試験が終わったよ。あとは夏休みを待つだけ。

千代子ちゃんのことだから、きっと期末試験ってなに？　そっちの時代の夏休みってどんな感じなの？　って興味津々《しんしん》なんだろうな。

学校で習ったことをどれくらい覚えてるか試されるのが期末試験。今回の範囲が江戸時代までだったから、秋からは千代子ちゃんの時代のことも勉強するはずだよ。

夏休みは一か月くらいで、宿題も多いし部活動もあったりで結構忙しいかな。

友達と遊ぶのは超楽しいんだけどね。

ていうか、僕の名前の読み方わからないって今さらすぎるでしょ（笑）

ときと、って読むんだよ。珍しい名前だけど気に入ってる。

僕は受験生だから希望の高校に行けるように勉強しないとだけど、千代子ちゃんとの手紙が息抜きになって本当に助かってる。ありがとね。

時翔より』

「お前、ついに数学に目覚めたのか？」

いつもの木の下。夏の暑さを吹き飛ばすようなさわやかな音を立てて、樹がサイダー缶を開ける。

僕の歴史も樹の数学もずっと底辺で争っていたのに、今日返却された期末テストを見ると、樹は数学でクラストップレベルの点数を叩き出していた。僕の歴史は、少しよくなったとはいえまだ低空飛行のまま。受験勉強のおかげで成績が上がった科目もあるけれど、歴史は勉強しても何も頭に入らないからあきらめかけている。予習をする気も起きないし、受験が本当に心配になる。

「目覚めるわけねえだろ、俺の血のにじむ努力の結果だよ。お前の士気を上げてやろうと思ってな」

完全に嘘《うそ》ではないのだろうが、この樹のウキウキした様子からすると何か別の理由がありそうだ。たとえば、何点以上取ったら芽衣ちゃんに告白するとか。絶対それだ。まあ、どちらにしてもすごいんだけど。

「それはありがとな。次は負けねえからな」

「おう、かかってこい。そういや時翔、芽衣ちゃんと塾同じだったよな？　彼氏がいるのか聞いてくれよ」

一生の頼みだ、と手を合わせる樹の顔は真剣そのものだ。

「わかったよ。会ったら聞いてみる」

「まじで⁉　ありがとな」

樹の大きな声が真っ青な空に響く。

二学期からは歴史も頑張ろう。千代子ちゃんともいろんな話をしよう。

勢いよく自転車にまたがって汗をぬぐう。ここ数年は毎年のように記録的な猛暑だと聞くけれど、百年前の夏はどうだったのだろう。

『時翔くん
お手紙ありがとう。私も毎日元気にやってるよ。

ごめんごめん、名前の読み方を聞くきっかけがなかったの。ときと、って読むんだね、とてもすてきな響き。

期末試験のことも夏休みのことも、私が気になること全部わかってくれていて嬉しい。

夏休み、お勉強頑張ってね。私も時翔くんからのお手紙を楽しみに、毎日家事と弟たちのお世話頑張るよ。秋から学ぶこの時代のこと、私も知りたいな。

でも知ってしまったらこれからの人生面白くないよね。頭の中で、これからのこと、それから時翔くんのいる時代のことを想像しておくね。

今日ね、おしゃれして友達と銀座《ぎんざ》のれんが街へ出かけてきたの。真っ赤な口紅を引いたきれいなお姉さんが歩いていて、私も何年かしたらあんなふうになるんだって決めた。きれいになって時翔くんに会ってみたいなあ、なんて。

千代子より』

銀座のれんが街。真っ赤な口紅。

百年の差があっても、今のように便利な時代でなくても変わらない、キラキラした青春時代。

想像の中で千代子ちゃんが知らない男の人にナンパされたところで、ハッと我に返る。

僕は千代子ちゃんのことが好きなんだ。

「おいおい時翔、大丈夫か？　目の焦点合ってないぞ」

先生の言葉にクラスのみんながどっと笑う。遅れて入塾したから最初はクラスになじめるか不安だったけど、先生もクラスメイトも僕を温かく迎え入れてくれた。いつのまにか学校のクラスと同じように、いじられキャラになっていたのは心底不思議だけど。

「すみません。めちゃくちゃぼーっとしてました」

「なんだよ。俺のありがたい授業は集中して聞けよ。ていうか今、六十八ページだぞ。なんでずっと五十九ページ開いてんだよ」

「まじですか」

「罰としてその例題、前で解いてみろ」

「わかりました」

授業は全く耳に入っていなかったけれど、この問題は昨日予習したところだからギリギリセーフだ。チョークを持って、黒板に数式を並べていく。

「なんだよ、できちゃうのかよ」

少しすねたような顔をする先生に、再びみんなが笑う。

僕も笑ってすみませんと言いながら、すでに頭の中では千代子ちゃんのことを考えていた。さっきから、今度の手紙に何を書くかで頭がいっぱいだった。

授業が終わって教室を出ると、隣の自習室から出てきた芽衣ちゃんと目が合った。

いつもなら手を振るだけで終わりだし、何より探りを入れるなんてあまり気は乗らないが、樹や裕翔のためだと思い声をかける。

「あのさ、変なこと聞くけど」

「どうしたの？」

「芽衣ちゃんって、その、彼氏とかいるの？」

まさか僕からそんな質問が飛んでくるとは夢にも思わなかったのか、芽衣ちやんは一瞬困ったような顔をした。

「え、なんで？　いないけど……」

「いやごめん。聞いてみただけだから気にしないで！」

「あ、うん。じゃあまたね」

芽衣ちゃんに手を振り返しながら、ほっと胸をなでおろす。自分の任務が完了したことや、樹や裕翔に可能性があることへの安心で一気に力が抜けた。

「……いないみたいだよ」

「ほんとに⁉」

裕翔には、芽衣ちゃんに彼氏がいないことは聞かれたら言おうと考えていた。いくら弟でも、僕から進んで言いふらすものではないと思ったから。しかし僕が何か知っているのではないかという裕翔の勘は、予想以上にするどかった。

「じゃあ、いつ告白しようかな」

それにしても本当に言ってよかったのだろうか、と不安になっていた僕は、弟の何気ないつぶやきに耳を疑った。

「え？　告白することはもう決めてるの？」

「当たり前だろ。言わなかったら絶対後悔するもん」

「それはそうだけど……」

これは幼さがなせる勢いなのだろうか。それとも僕に勇気がなさすぎるのだろうか。何となく先が思いやられる。

「そんなことより、兄ちゃんも頑張ってよ」

「え、なにを？」

「好きな人できたんでしょ？　塾の人？」

当然のようにそう聞かれてたじろいでしまう。裕翔の勘は本当にするどい。

流れに任せて裕翔に恋愛相談をしてみようかと思ったけれどやめた。それは手紙のことを信じてもらえそうにないからというだけではない。なんというか、あの手紙もこの想いも大切にしたかったのだ。大切にしたいなんて言うと聞こえはいいけれど、千代子ちゃんのことを知っているのは自分だけにしたかった。

兄ちゃんも頑張って、と裕翔に背中を押されたが、どうしたらいいのかさっぱりわからない。たしかに気持ちは伝えたい。でも……。

『千代子ちゃん

大人になった千代子ちゃん、きれいなんだろうな。僕たちもあと五年たったら大人だね。

先のこと知りたくないって言うけどさ、僕からの最初の手紙でこれから発明される物とかだいたいわかっちゃったでしょ（笑）

長生きして、洗濯機使ってみてよ。絶対感動するから。

それよりさ、千代子ちゃんがめちゃくちゃ長生きしたら小さい頃の僕に会えるのかな？

お互い東京住まいだし、可能性はなくはないよね。

僕も一目でいいから会いたいな。

時翔より』

一目でいいから会いたい。好きだから。

最後の言葉は書かずに飲み込んだ。そこまで書く勇気はなかった。

生きる時代が違って会えなくても、僕は千代子ちゃんの、優しさの奥にある芯の強さに惹《ひ》かれている。千代子ちゃんにとってはコンプレックスなのかもしれないけれど、とてもすてきだと思う。

でも純粋に時代を超えた文通が面白くて手紙を送ってくれている彼女に、そんなことを突然伝えたら引かれてしまう。

想いを伝えるのはもう少し、あと何往復かやりとりをしてからにしよう。

そう自分に言い訳をして、ペンを置いた。

思えば最初の頃、まだこの手紙をいたずらだと思っていたとき。僕は手紙の種明かしを聞きたい一心で、千代子ちゃんに『会ってほしい』と持ちかけた。そのときは全く緊張もしなかったし、正直返事だってどうでもよかった。しかし今回は『会いたい』と一言書くだけで、かなり時間がかかった。返事も待ちきれない。

誰かを好きになるってこういうことなんだ。毎日言葉を交わしたいし、手紙の文面だけだなんてもどかしい。

手紙じゃなくて彼女にスマホを届けてくれたらいいのに。そしたら毎日やりとりができるし、声も聞ける。画面越しに笑い合うことだってできるだろう。

人生で使える『頑張りの量』が決まっているとしたら、僕はこの夏休みで一生分を消費したと思う。それくらい、部活にも勉強にも全力投球した。

そして今日はついに夏休み最終日。野球部をやめる日だ。

「みなさんと一緒に野球ができて楽しかったです。でもせっかく部長に選んでもらったのに、最後まで続けられなくて本当にごめんなさい。今日までありがとうございました。これからもずっと応援しています」

高校の先輩、中学の後輩、そして同期。みんなの顔を見ながら話す。話し終わると、大きな拍手と「ありがとう」「頑張れよ」の声。夏でやめるなんてわがままを聞いてくれた上に受験の応援までしてくれて、みんなには感謝してもしきれない。

「時翔。これ、みんなから。また遊びに来いよ」

早坂から寄せ書きを渡され、そこに『時翔が部長でよかった』の文字が見えた瞬間、せきを切ったかのように涙があふれた。僕なんて部長に向いていないと決めつけていた自分自身から、ようやく解き放たれた気がした。

「おかえり時翔。最後の部活も楽しかった？」

「うん。見て、みんなから寄せ書きもらった」

「あらいいわね。額買って来なくちゃ。ところで時翔は、夏休みの宿題終わってるの？」

「なんとか終わったよ。裕翔はまたサボってたんでしょ」

「そうなのよ、今日も帰ってからずっと部屋にこもってる。こりないわねえ」

どうせまた夜にでも宿題手伝ってほしいって泣きついてくるんだわ、と心底あきれ顔の母さんが面白い。

部屋のドアを開けると、机から封筒がはらりと落ちた。

なぜかいつもより頑丈に封がされているけれど、ずっとずっと待っていた、千代子ちゃんからの手紙。

『会いたい』と伝えてから二十日過ぎても返事が来なかったから、変に思われたんじゃないかとあせっていたけれど、遅くてもこうして届いてほっとした。告白をしたわけでもないのに、ただ会いたいと書いただけなのに、緊張で封を開ける手が震える。

『時翔くん
お手紙ありがとう。

たしかに私、もういろんなこと知っちゃったね。洗濯機使ってみたいし、エアコンだっけ、そんなものがあったら今みたいに暑い季節は家から出なくなっちゃいそう。未来にはこんなものができるんだよって、みんなに言って自慢したいけど絶対信じてもらえないよね。なんだか悔しい。

時翔くんに会えるまで絶対長生きするよ。約束。

時翔くんに会えたら伝えたいと思ってたことがあるのだけど、もう今ここに書いてもいいかな。

時翔くん、好きだよ。

すごくすごく会いたい。

時翔くんと手をつないで、東京の街を歩いてみたい。

そのためならいつの時代にだって行くから。

ごめんね急にこんなこと言って。気持ち悪いよね。こんな手紙捨ててくれていいよ。返事も無理に書かなくていい。ただ伝えたかったの。

千代子より』

全身が熱くなった。

千代子ちゃんが僕のことを好き……？

手をつないで、東京を……？

驚きと喜びで思わず上げてしまった叫び声が家中に響き、母さんや裕翔に怒られたけど、僕は上の空だった。

僕も千代子ちゃんと手をつなぎたい。一緒に歩きたい。いろんな場所に行きたい。

でもその前に、今度は僕の想いをちゃんと伝えないと。

そのとき、窓に水滴が落ちた。しずくはしだいに増えて雨音へと変わり、今週はずっと快晴だという天気予報をあざ笑うかのように、またたく間に豪雨となった。最後の部活は雨にあわなくてよかったなとぼんやり考えていると、母さんに洗濯物を取り込むのを手伝ってほしいとベランダに呼ばれた。

「予報がこんなに外れるのも珍しいわね。結局、自然なんてわからないものなのかしら」

そんな何気ない母さんの言葉が、やけに頭に残った。

その日の夕食後、僕は父さんの見ているニュース番組をぼんやり眺めていた。

そろそろ部屋に戻って明日の準備でもしよう、いやその前に手紙の返事かな。そう思って立ち上がろうとしたとき、アナウンサーの言葉を聞いて頭が真っ白になった。

「関東大震災の日から、明日で百年を迎えます」

関東大震災。歴史が苦手な僕でも知っている、未曽有《みぞう》の大災害だ。

あわてて部屋に戻ってスマホを取り出し、関東大震災を検索する。

一九二三年九月一日発生。死者およそ十万五千人、うち東京は七万人。

あまりに大きな数字に息が止まる。

……大丈夫、まだ千代子ちゃんが巻き込まれると決まったわけじゃない。そう信じようとすればするほど涙が止まらなくなった。どうしてもっと真剣に歴史を勉強しなかったのだろう。二学期からなんて甘えたことを言わずに、せめて大正時代だけでも予習しておけば。

今からでも、どこか遠くに逃げるよう手紙を書こう。あんなに考えていた告白の返事のことも頭から消え、必死にペンを走らせた。どうか奇跡が起きて、一分一秒でも早くこの手紙が彼女のもとへ届きますように。届くまで十日もいらないでしょ。神さまお願い、何でもするから。

『千代子ちゃん
お願いがあります。今すぐ、できるだけ遠くに向かってください。大切な人たちを連れて。

明日、信じられないくらい大きな地震が東京を襲います。

落ち着いたらまた手紙をください。いつまでも待っています。

時翔より』

祈るような気持ちでそれだけ書き、いつもの場所に置いた。

どうか無事でいて。

二学期に入ってもまだ蒸し暑い日が続いている。あれから受験勉強そっちのけで大正時代、特に関東大震災のことをたくさん調べた。調べて調べて、何度も何度も同じようなサイトを読みあさった。

そのおかげで学校で習う前に大正時代は完璧になっていた。完璧すぎて、興味がなかった今までとは違う意味で歴史の授業はつまらなかったし、何より改めて大正時代の話を聞きたくなかった。

「これらの国々で作られたのが国際連盟で――」

知ってる。

「このときに結ばれたのが九カ国条約で、これは――」

それも知ってるよ。

「おい時翔、聞いてるか？」

「え？」

突然名前を呼ばれて顔を上げると、いつのまにか先生が目の前に立っていた。

「じゃあ時翔、教科書の続きを読んでくれ」

「……はい」

指定されたページを開けると、太字で書かれた『関東大震災』の文字が真っ先に目に飛び込んできて息が止まる。だめだ、読めない。

もともと歴史の先生には目をつけられていたから、教科書読みなんてこれまで何回もやってきた。それなのに。

みんなが不思議そうに僕の方を見る。

「先生、俺が代わりに読むよ」

そう言ってくれた樹の声も、僕を心配してくれている先生の声も、聞こえてはいるのに、もやがかかったように頭に入ってこない。冷えきった手で教科書のページをめくると、そこには弾けるような笑顔で街を歩く大正時代の女の子たちがいた。モダンガールという名のとおりのおしゃれな洋服を着た彼女たちの目は希望に満ちていた。その途端、昨日ネット検索で出てきた凌雲閣崩壊の写真が頭をよぎる。千代子ちゃんが行きたいと言っていたその建物でも、震災によってたくさんの死者が出たらしい。

「何があった？」そう聞かれるたびに、どうしようもない気持ちになった。

何もない。僕の身には。

ただ、僕は千代子ちゃんを守ることができなかった。

吐く息が白く染まっては消えていく。季節はもうすっかり冬だ。

どれだけ待っても、千代子ちゃんからの返事は来ない。

樹と裕翔の恋愛模様は意外にあっさりと終わりを迎えた。クリスマス前、ほとんど同じタイミングで告白した二人は、芽衣ちゃんに「好きな人がいる」とフラれたらしい。

「俺らの今までの努力はなんだったんだよ、なあ樹」

「まあそう落ち込むな。裕翔にも俺にもまたいい人見つかるって」

失恋してから二人は意気投合したようで、フラれた直後にもかかわらずとても楽しそうだ。

「兄ちゃんも早く次の人見つけなよ。失恋したんだろ？」

何も知らない裕翔の言葉は、僕の心を大きくえぐった。


塾の授業が終わり、マフラーを巻きながら受付の前を歩いていると、塾長と談笑している芽衣ちゃんと目が合った。以前彼氏の有無について探りを入れたものの普段はあまり話さないので、いつものように手だけ振って帰ろうとすると、

「時翔くん、待って！」

突然呼び止められ、芽衣ちゃんが僕のそばに駆け寄ってきた。

「ごめん。今ちょっと時間ある？」

彼女の言葉に時計を見てうなずく。お互い勉強の進捗《しんちょく》などを話しながら階段をのぼり、自動販売機で飲み物を買う。幸い、休憩スペースには誰もいなかった。

「そういえば芽衣ちゃん。だいぶ前だけど、探りを入れるようなことしてごめんね。樹と裕翔、これからも仲よくしてあげてほしい」

忘れないうちにと芽衣ちゃんより先に切り出す。彼女の恋愛事情を樹や裕翔に勝手に言ってしまって申し訳ないことをしたと思っていたから、こうして謝る機会ができてよかった。

「もちろんだよ。二人とも大好きな友達だもん。私の方こそ彼氏いないなんてあいまいな言い方しちゃって、申し訳なかったと思ってる」

「それならよかった。好きな人がいるんだよね、応援するよ」

僕の言葉に芽衣ちゃんは浅く息を吸い、意を決したように口を開いた。ココアの缶を包む小さな手が少し震えている。

「時翔くん。そのことなんだけど……」

好きな人のことをぽつりぽつりと語る彼女の目に浮かぶ涙を見て、僕は改めて恋愛の難しさをかみしめた。芽衣ちゃんも樹も裕翔も、どうして幸せになれないのだろう。全員の願いを叶《かな》えるのは難しいけれど、それでも何とかならないのかと考えてしまう。

閉館時間になり見回りに来た警備員さんが、僕たちに「勉強大変だろうけど頑張ってね」と声をかけてくれた。すっかりぬるくなったミルクティーを口に流し込んで一階に降りると、芽衣ちゃんが「忘れ物を思い出したから先に帰ってて」と言うので、塾長に会釈《えしゃく》をして一人外に出た。冷たい風に涙腺《るいせん》がゆるみ、手に持ったままだったマフラーを巻く。

一階の受付で、塾長は卒業生らしき女性と話に花を咲かせていた。よく見ていないからわからないけれど、きっと晴れやかな表情をしていたのだろう。今の僕には彼女と僕たちの状況が、まるで別世界であるかのように思えた。

年が明け、いよいよ受験勉強にラストスパートをかける時期になった。そして僕と千代子ちゃんの文通が始まったあの日から、もうすぐ一年が経とうとしていた。

『千代子ちゃん
大丈夫？　怪我《けが》してない？
あのとき好きって言ってくれて、本当に嬉しかった。
僕も千代子ちゃんのことが好き。もっと早く言えなくてごめん。
またいつか、どこかで絶対会おうね。
千代子ちゃん、どうか幸せで。

時翔より』

そんな手紙を何通も書いたけれど、それが彼女のもとへ向かう気配はもうなかった。書いても前みたいに消えてくれないから、手紙はたまっていく一方だった。伝えたいことも聞きたい返事も、たくさんあるのに。千代子ちゃんと手紙を交わすことができたあの日々を、もっと大切にすればよかった。


「時翔、俺らのこと絶対に忘れんなよ」

四月。新学期の前日、ついに東京を出発する日が来た。

朝早くに家を出ると伝えていたのに、樹や早坂たちがマンションの前まで見送りに来てくれた。

「忘れるわけないだろ」

みんなとの別れを惜しみつつ、車に乗り込む。

「みんなありがとう。また連絡する」

「おう、毎日でもいいぞ」

どこに行っても、どんなに離れていても、樹たちとは小さな端末を通していつでもつながることができる。

猛勉強の末、僕は先月、無事に第一志望の高校に合格した。

大阪の理系高校。そこを選んだのは、将来みんなの生活を豊かにする機械の開発者になりたいと思ったから。

この目標、千代子ちゃんにも伝えたかったな。『すごいね、どんな機械を作るの？　仕組みは？　機能は？』って、きっと興味津々なんだろうな。

車が動き出す。外にはあのしだれ桜が見える。

先週の雨で花は散ってしまったが、全てを包みこむように優しく揺れる枝がいつもよりずっと、きらきらと輝いて見えた。

第二章　千代子

元日の夜は長い。大晦日《おおみそか》に作ったおせち料理を出すため夕飯の準備に手もかからず、後片づけも楽だからだ。

風の音がいつもより近くに感じられるのは、弟たちが早くに寝静まったからだろう。昨日は年越しで遅くまで起きていて、彼らは昼からとても眠そうな顔をしていた。

引き出しを引いて本を取り出そうとすると、襖《ふすま》が開いてお母さまが顔をのぞかせた。

「千代子、まだ起きていたの」

「はい。もうすぐ寝ます」

言いながら、机の上に置いてあった紙で本を隠し、明かりを消す。

「明日は新年のご挨拶回りがあるから早く寝なさいね。お昼にはご近所さま方がいらっしゃるから、お料理の準備もしないといけないわ」

「わかっています、ありがとう。おやすみなさい」

「おやすみ」

どうして私たち女子は、自分のやりたいことができないのだろう。最近誰かと話していると、そんな疑問が頭をよぎることが増えた。

私は本を読むことが好きだ。数学だって、理科だって好き。でも家では家事の手伝いで勉強ができる時間はほとんどないし、女学校で習うこともお裁縫《さいほう》やお料理に関してばかりで正直飽きてしまう。

それに女子だからって、誰もが家事が得意なわけではないのだ。昨日お使いの帰り、近所の家の信子《のぶこ》ちゃんが「洗濯物のしぼりが甘い」とお母さまに叱られて泣いていた光景を思い出す。あまりにかわいそうで思わず駆け寄って手伝ったが、昨日を乗り越えたからといって、彼女が一生洗濯から解放されるわけではない。

「あんなわずらわしい作業、毎日毎日やっていられないわ」

真っ暗な和室で一人つぶやいてみる。声は一瞬で闇にとけた。

たとえば洗い終わった後の洗濯物を勝手にしぼって、水をきるのを楽にしてくれる道具があったら。いや、それではまだ足りない。どうせなら洗う過程から、全て自動でしてくれる機械があったらいいのに。

洗濯だけではない。大変なことは他にもたくさんある。お風呂を洗ってお湯を沸かすのだって、お料理だって面倒だ。

今すぐには無理なことはわかっている。十年やそこらでもまだまだだろう。せめて私の将来の子どもや孫が、今よりずっと楽に暮らすことができるように。

女に生まれても、自由に自分のやりたいことができる時間が持てるように。

先ほど消した明かりを灯し、想像をふくらませながら、未来にあったらいいなど思う機械を手元の紙に書きだした。

そして最後は一番上に『百年後』という文字を入れた。百年という数字にこだわりはないけれど、仮に五十年としたら、何も叶わなかったのを目の当たりにしたときに悲しいから。私がいなくなるときにはまだなくても、その後の世界ではできていると信じたいから。

気がつくとかなりの時間が経っていたので、日付が変わってしまう前に急いで明かりを消し、布団《ふとん》にもぐった。

紙を隠しておくのを忘れたけれど、どうせ早くに起きるから大丈夫。恐らく誰かに見られる心配はない。

そんなことを考えながら、眠気に任せてゆっくりと目を閉じた。

翌朝、遠くでお母さまが台所の窓を開けた音で目がさめた。

昨日はいつにも増してよく眠れたけれど、何だか不思議な夢を見た気がする。

夢の中で私は手紙で誰かに『好き』と想いを伝えていた。一体どこから来た夢なのか。想いを伝えるどころか、まだ好きな人さえいたことがないのに。

台所に行くと、お母さまが朝食のしたくを始めていた。

「おはようございます、お母さま」

「あら、おはよう千代子。朝ご飯のお手伝いはいいから、早く身じたくを済ませなさいね。お父さまたちが起きたらすぐにご飯をいただいて、ご近所に挨拶に向かうわよ」

「はい」

冷たい水で顔を洗い、お母さまの鏡台の前に座る。

くしで髪をとかしながらふと引き出しを引いてみると、どこにどう使うのかわからないお化粧道具とともに、口紅がいくつか入っていた。

「わあ、かわいい」

感嘆の声を上げて、その中で一番真っ赤なものを手に取る。お母さまには、口紅を塗るなら大人しい色にしなさいと言われているけれど、今日はいいかな。そんなことを考えながら、結局一番淡い色を選んで唇にのせた。

初めての真っ赤な口紅は、私の一番大切な日のためにとっておこう。一番大切な日とは何なのか、そんな日はいつ来るのか。そんなことはわからない。でも、いつかきっと。

今朝見た夢を意識しながら、少しだけ色づいた鏡の中の自分にほほえんだ。


「新年おめでとうございます。今年もよろしくお願いいたします」

たくさんの人たちの温かな笑い声で家の広間が満たされる。挨拶回りが一通り終わると、ご近所さま方がうちに集まるのは毎年恒例だ。数年前まではお手伝いさんに来てもらっていたが、家計の問題もあってお父さまが雇うのをやめてしまった。

「千代子ちゃん、おといはお洗濯手伝ってくれてありがとう。これからは一人できるように頑張るわ」

みんなに出す料理を取りに来てくれた信子ちゃんに、改まってお礼を言われる。すると間髪を容《い》れず、いつも私をからかってくる男の子たちが台所を横切りながら「千代子ちゃんって力が強いんだって、女なのに」「力だけじゃなくて気も強いよね」という言葉をあびせてくる。

「ごめん。千代子ちゃんがおととい手伝ってくれたこと、私の弟が言ってしまったみたいで」

申し訳なさそうにうつむく信子ちゃんに、大丈夫だよとほほえむ。

「でも無理しないで、困ったことがあったら言ってね」

料理を持って広間へ向かうと、弟たちが友達と福笑いの勝負をしていた。左目が飛び出している面を見て、信子ちゃんがおかしそうに笑う。たしか私の部屋にもう一組あるはずだから、食事の後に出してこよう。

広間の反対側ではお父さまたちがお酒を酌《く》み交わしている。手伝わなければならない家事が増えるとはいえ、私はこのお正月特有の明るく穏やかな雰囲気がとても好きだ。

「奥さん、今年も鯛《たい》の網焼きうまいねえ！」

再び台所へ戻ろうとすると、後ろの方で信子ちゃんのお祖父《じい》さまの声が聞こえた。

「今年の鯛は、千代子が焼いたんですよ」

「そうなのかい。千代子ちゃんは料理が上手だねえ」

その言葉に謙遜《けんそん》はしたものの、我ながら上手にできたと思っていたことをほめられて、素直に嬉しかった。

今年も良い年になりそうだ。そんな予感に満たされて、自然と頬がゆるんだ。

食事が終わり、福笑いを探しに部屋に入ると、昨日『百年後』と書いた紙がなくなっていることに気がついた。

朝はすっかり紙のことを忘れていたけれど、あんな空想を誰かに見られると思うと顔から火が出るほど恥ずかしくて、机の周辺から布団の下まで部屋中をひっくり返して探し回る。しかし紙は見あたらなかった。どこに行ったのだろう。弟たちがお絵かきをするのに持って行ったのかな。

さすがにそろそろ戻らなければと、福笑いを持って広間へと急ぐ。

「ねえ、私の部屋の机にあった紙、どこかに持って行った？」

あわてた様子の私を見て、弟たちは首を傾げた。

「今日はお姉ちゃんの部屋に入ってないよ」

「そうなの？」

「どうしたの千代子、そんなにあわてて」

「え、いえなんでもないです。福笑いってどうやるんだっけ」

突然お母さまが話に入ってきたから、手に持っていた福笑いを見せて強引に話題を変えた。弟たちは嘘をついているようでもなかったし、一体どういうことだろう。

「お姉ちゃん、本ばかり読んでいないで遊びに行こう」

「お外で雪なげしようよ」

いつもなら弟二人の相手をしている時間も、近頃はずっと本で調べものをしている。

数日前、お正月に消えた紙に返事と思われるものが来たのだ。しかもそれに対して私がまた返事を書いて机に置き、じっと見つめているとそれは目の前で消えた。

どういう仕掛けなのだろう。何が起きているのだろう。

とても気になるけれど、信じてもらえそうにないから誰にも相談できない。

とはいえ、どれだけ本を読んだって答えは見つからない。

「お姉ちゃん」

「もう、お友達と遊んできなさいよ。お家までついて行ってあげるから」

少し歩いたところにある信子ちゃんの家まで、弟たちと私の三人で歩く。道がところどころ凍っていて足が滑る。

「あら、千代子ちゃんたち。みんな奥にいるから上がって。寒かったでしょう」

信子ちゃんのお母さまが出迎えてくれて、私も入らないと失礼な雰囲気になったので、弟たちの履物と一緒に自分のものも玄関にそろえる。弟たちはすでに奥の部屋ではしゃいでいるようだ。

「いらっしゃい」

彼らと入れ違いで信子ちゃんが居間まで来て温かいお茶を淹《い》れてくれる。両手で湯呑《ゆの》み茶碗を包むと、かじかんでいた手の感覚が戻ってくる。

「ねえ千代子ちゃん」

信子ちゃんが正座をくずす。

「私たち、どんな人と結婚するんだろうね。千代子ちゃんはどんな男の人に惹かれる？」

少し前から友達と話すのは、決まっておしゃれについての話と理想の男性についての話だった。

「そうねえ」

理想の結婚相手。この話は嫌いじゃないけれど、まだ恋愛をしたことのない私はいつも明確な答えを出せずにいる。

「あまりわからないのだけど、知識が豊富な人はすてきだと思う」

そう言うと信子ちゃんは、たしかに、と胸の前で手をあわせた。

「千代子ちゃんもたくさん本を読んでいろいろなことを知っているものね。なんでも知っている夫婦だなんて、憧れちゃうわ」

「私はそんなに博識じゃないわよ。でも相手のことを心から尊敬できたら、きっと幸せだと思うの」

「あら、私からしたら男の人はみんなお勉強ができるように見えて、尊敬できちゃうわ」

信子ちゃんがコロコロと笑う。

「それってとてもすてきよ。というか私なんて『女のくせに力が強い』とか『気が強い』とか言われるし、絶対に男の人に好かれないわ」

信子ちゃんの明るい声とは対照的な深いため息をついて、残りのお茶を飲みほす。

「そうねえ、男の人からしたら、たくましく映っちゃうのかもね。でも千代子ちゃんの頼りになるところ、私はとても好きよ」

そう言ってお代わりのお茶を淹れてくれる信子ちゃんを見て、私もこんなふうになりたかったと思った。家事は少し苦手だけれど献身的で優しくて、何よりかわいらしい。将来はきっとすてきな男の人と結ばれるのだろうな。

事態が急展開したのは、春の陽気が町を包み始めた頃。

大事な話がある、とお父さまから聞いていてとても驚いた。

「いいなずけ、ですか？」

突然の報告に頭が真っ白になる。

「そうだ。うちが元々武家だったのは知っているだろう？　先代の努力もあってご維新を乗り切り、なんとかここまでやってくることができた。しかし今は、その蓄えもわずかになった」

「でもまだ生活に困るほどではないじゃないですか」

何も考えられない頭の代わりに、口が勝手に動く。

しかしお父さまは首を横にふった。

「これからどうなるかはわからんだろう。弟たちの将来のためにも、来年には嫁《とつ》いでほしい」

「来年……」

「すまないな」

「お相手は、どのような方なのですか……？」

少しでも希望を見つけたくて聞いてみたが、お父さまの言葉で、そう聞いたことすら後悔した。

「千代子はもちろんだが、私も婚約当日に初対面なんだ。しかし、きっといいお方だよ」

息が苦しい。お父さまが決めた人と婚約するとしても、もう少し先のことだと思っていた。

なのにどうして？　私だって弟たちと同じ、まだ子どもなのに。

初恋だって、まだなのに。

お正月から始まったあの不思議な手紙は、時が経つにつれて徐々に謎が解けてきた。

時翔と名乗る文通相手は、どうやら百年後の東京で生きているようだった。

最初は絶対に嘘だと思った。しかし手紙にそえられた百年後の新聞紙の切り抜きや、私の家の近くにあるしだれ桜が写った未来の写真を見て信じようと決めた。

それに何より時翔くんは、未来に開発される機械のことや街の景色のことをたくさん教えてくれて、それがもし全て作り話だったとしても、手紙を読みながら想像をふくらませるのがとても楽しかったのだ。

だから手紙が届いたらいつもすぐに読んで、その日のうちに返事を出していた。

しかし今、私は時翔くんから送られてきた手紙を何日か止めてしまっている。

ことの発端は私が『家事で鍛えた強い力が恥ずかしい』と書いたことだった。

特に何か言ってほしいわけではなかったが、彼から来た返事は『勝負したら僕が負けるんだろうな』というものだった。

考えてみれば、時翔くんとの文通が心地よかった理由は恐らく『対等さ』だったのだろう。百年後の暮らしを全部知りたいと言った私に彼がくれた手紙を取り出し、改めて読み返す。

『千代子ちゃん
僕がいるのは二〇二三年の東京なんだ。だから「百年後」って書いていた紙が僕に届いたのは、偶然じゃないのかも。
今の世界のこと、全部は書ききれないけど頑張ってまとめてみるね』

何度も何度も書き直した跡が残る紙には、百年後のきらきらした東京の街が広がっていた。一面に立ち並ぶ高層ビルやおしゃれなお店。魔法のように何でもできるスマートフォン。きっと私の想像よりずっとすごいのだろうけれど、未来の景色が手に取るように伝わってくる。

そしてその景色の中には、すてきなお洋服を着こなして颯爽《さっそう》と働く女性もたくさんいるようだ。時翔くんのお母さまも毎日働いていて、家事はお父さまや時翔くんたちと分担しているらしい。時翔くんは『手伝いをしなくていい友達がうらやましい』と書いているけれど、私には時翔くんの家庭や生きる時代がとても輝いて見えた。

そんなこともあって、私が家事を頑張っていると書いたらすごいねと労《いた》わってくれると思った。家事で付いてしまった力の強さをからかわれると書いたら、そんなことないでしょ、僕の方がきっと強いからと慰めてくれると思った。でも時翔くんの返事は私の『女なのに強い』という傷をえぐるもので、その想像との落差にとても悲しくなった。

それでも悲しみとは裏腹に、時翔くんなら『それは傷つく』と素直に言っても受け止めてくれるのではないか、気が回らなかったと言ってくれるのではないかとも思った。

素直な気持ちを伝えたらこの面白い文通が終わってしまうかもしれないという不安はあったが、私は一か八かに賭《か》けてペンを走らせた。

『「勝負したら僕が負ける」は傷つくよ。近所の男の子からも「女なのに力も気も強い」とからかわれて悲しいの。時翔くんにだけは、そんなこと言わないでほしかったな』


それからしばらくして、時翔くんからの返事が届いた。勇気を出して書いた手紙だったので、返事を待つ間は今までどおりの日数もかなり長く感じた。まさか彼に限ってそんなことはないだろうが、もしひどい言葉が並んでいたらどうしよう。『力の強い女をからかうのは当然だ』なんて、書かれていませんように。

意を決してゆっくりと手紙を開く。するとそこには私の心配とは正反対の、いつもと同じ優しい文字が見えた。

『千代子ちゃん
違うよ。僕は本当に千代子ちゃんのことをすごいと思ってるんだよ。会ったこともないのに「勝負したら僕が負ける」は言い過ぎたかもしれないけど、「女なのに」なんて思ってないし、近所の人からのからかいも気にすることないよ。千代子ちゃんはそのままの千代子ちゃんでいてほしい……って、何言ってるかわからないけど、とにかくありのままでいてほしいな。
時翔より』

誰かにこんな言葉をかけてもらったことがなかったから、一度読んだだけでは頭が追いつかない。ただ、とても嬉しかった。私は私のままでいいんだ。心がぽかぽかと温かくなるのを感じた。

さっそく返事を書こうと、部屋を出て新しい紙を取りに行く。

何を書こうか、どう書けばこの嬉しさが伝わるかを考えながら部屋に戻ると、

「あ……！」

雑巾《ぞうきん》を片手に、お母さまが机に置いてあった手紙を手に取っていた。まずい、
私は来年お嫁に行くのに。

「あの、違うんです、それは」

「千代子」

怒られる、と思わず目を閉じる。

すると、私の頭に優しく手が置かれた。

「ほら。お夕飯の準備、もうすぐよ」

「え……？」

手紙を机に戻し、部屋から出ていこうとするお母さまに問いかける。

「怒らないのですか？」

あまりの怒りであきれて言葉も出ないのだろうか。しかし振り返ったお母さまは、とても穏やかな目をしていた。

「どこの誰かは知らないけれど、すてきな方ね。でもあなたを来年嫁がせることは変えられないから、必ずその日までにはお別れを言うのよ。いいわね？」

「いいのですか……？　お父さまには、」

秘密にしておいてくれますか？　私の言葉を最後まで待たず、お母さまは人さし指を口もとにそえ、にこりと笑って部屋を出ていった。

一人になった私は改めて手紙を手にとり、もう一度読み返す。

『千代子ちゃんはそのままの千代子ちゃんでいてほしい』。その一文に、胸の奥がきゅっと狭くなるのを感じた。

高まる気持ちを抑え、市電から銀座の街に降り立つ。

「やっと着いたね」

後から降りた信子ちゃんがあたりを見渡し、感嘆の声を上げている。お互い家族とは来たことがあるものの友達とは初めてなので、どこか緊張気味だ。

「えっと、まずはアイスクリームだったよね」

昨日二人で考えた計画表を片手に、はぐれないようにぴったりとくっついて歩く。あたりはきれいにお化粧をしたお姉さんや、おしゃれな帽子をかぶったお兄さんでいっぱいだ。

「やっぱりおしゃれな人が多いわね。私も大きくなったら、あんなふうに髪の毛を巻いてみたいな」

すれ違った女の人を目で追いながら、信子ちゃんが自分の髪を指でくるくるとねじる。

「すてきよね。でもコテをあてたら髪が燃えちゃいそうで、なんだか怖い」

「千代子ちゃんは心配しすぎだよ。そんな話聞いたこともないわ」

そうこうするうちに、目的のお店に到着した。お母さまが貸してくれたお財布を手に、信子ちゃんと順番を待つ。

私たちの前にはとても仲のよさそうな男女二人が並んでいて、時折男の人の言葉に女の人が照れたようにほほえんでいた。気にしないようにしていても、二人の雰囲気がとてもうらやましくて、ちらちらと見てしまう。

「千代子ちゃん」

信子ちゃんの声に、はっと我に返る。

「ごめん、なんだっけ」

すると信子ちゃんは声を小さくして、

「前の二人、とてもすてきね」

ときらきらした瞳を向けてきた。

「そうだね。私たちもいつか、誰かとあんなすてきな関係になれるのかな」

口をついて出た私の言葉に、信子ちゃんはにやりと笑う。

「きっとなれるわよ。かっこいい帽子の似合う紳士的な人、必ず見つけるんだから」

いいわね、とつられて笑いながら、私は会ったこともない時翔くんのことを想っていた。

『きれいになって時翔くんに会ってみたい』。信子ちゃんと銀座に行った日、私は勢い余ってそんな手紙を出した。でも時翔くんはきっと困って、その部分には返事をくれないだろうと思っていた。

しかしその返事に、私はかれこれ数日悩まされることになった。

『千代子ちゃん
大人になった千代子ちゃん、きれいなんだろうな。僕たちもあと五年たったら大人だね。

先のこと知りたくないって言うけどさ、僕からの最初の手紙でこれから発明

される物とかだいたいわかっちゃったでしょ(笑)
長生きして、洗濯機使ってみてよ。絶対感動するから。
それよりさ、千代子ちゃんがめちゃくちゃ長生きしたら小さい頃の僕に会えるのかな?
お互い東京住まいだし、可能性はなくはないよね。
僕も一目でいいから会いたいな。

時翔より』

最後の一文が、飛びあがるほど嬉しかった。

最近うすうす気づいていた。私は時翔くんのことが好きなのだ。

近所の子たちにからかわれても、以前の時翔くんの『ありのままでいてほしい』という言葉が私を守ってくれる。そんなまっすぐで温かな言葉、今まで誰からももらったことがなかった。銀座ですてきな二人を見たとき、『将来あんなふうになりたい』という想像のなかで隣にいたのは時翔くんだ。そして何より、時翔くんからの返事が待ち遠しくて、届くまではこれまでの手紙を何度も何度も読み返している。

しかし、きっと時翔くんは私を友達として『会いたい』と思ってくれたのだ。百年後には男女が友達として会うことも多い、と時翔くんから聞いたことがある。だから期待してはいけない。それに、もし万一時翔くんが私と同じ気持ちでも、私たちには百年の隔《へだ》たりがある上に、私にはすでに結婚を約束した人がいるのだ。

でもどうせ会えないのなら、結ばれることが叶わないのなら。今すぐ気持ちを伝えて、私が結婚するその日まで、時翔くんとこうして文通を続けることくらいは許されないだろうか。いや、気持ちを伝えてしまえば、時翔くんは今度こそ返事をくれなくなるのかな。

いろいろな考えが頭に浮かんではぐちゃぐちゃに絡《から》まっていく。どうすればいいのだろう。時翔くんとのことは、お母さまはおろか、信子ちゃんにも相談できないし。

しかし今日こそは手紙を出さなければと、姿勢を正して紙に向かった。

『時翔くん

お手紙ありがとう。

たしかに私、もういろんなこと知っちゃったね。洗濯機使ってみたいし、エアコンだっけ、そんなものがあったら今みたいに暑い季節は家から出なくなっちゃいそう。未来にはこんなものができるんだよって、みんなに言って自慢したいけど絶対信じてもらえないよね。なんだか悔しい。

時翔くんに会えるまで絶対長生きするよ。約束。』

ここで『千代子より』と締《し》めたら、これからも変わらずに手紙のやり取りができる。でも今回の流れを逃したら、もう二度と伝える機会はなくなってしまうかもしれない。

深呼吸をして、ありったけの勇気を右手にこめてペンをにぎりなおす。

『時翔くんに会えたら伝えたいと思ってたことがあるのだけど、もう今ここに書いてもいいかな。

時翔くん、好きだよ。

すごくすごく会いたい。

時翔くんと手をつないで、東京の街を歩いてみたい。

そのためならいつの時代にだって行くから。

ごめんね急にこんなこと言って。気持ち悪いよね。こんな手紙捨ててくれていいよ。返事も無理に書かなくていい。ただ伝えたかったの。

千代子より』

どんな結末が待っていても、私はきっと後悔しないだろう。

暑さがまだ残る夏の暮れに、私はようやく一歩を踏みだすことができた。


八月が終わり、にぎやかだったセミの声も落ち着いた。いつものようにお昼ご飯を作りながら、私はお母さまにずっと聞きたかったことを尋ねることにした。お父さまがお仕事に行く日を狙ったのだ。でも今日は土曜日ということもあって信子ちゃんたちが遊びに来ているから、小さな声で。

「お母さまは、どのようにお父さまと結婚したのですか？」

するとお母さまも小声になって、

「それはもちろん、両家の親同士で決めたのよ」

と言い、でもね、と続けた。

「結婚前に顔合わせの機会があって、この方なら大丈夫だって感じたの。だか

らあなたにもその機会をあげられないかって、今お父さまにお願いしていると
ころよ」

意外な言葉に驚いて、お野菜を洗う手が止まる。

「本当ですか……？」

「前に千代子がしていたように、お手紙で仲を深めることも頼んであるわ」

前に、という部分には心の中で目をつむる。前どころか、時翔くんには十日
前、好きだと伝えたばかりだ。

「どうしてそこまでしてくださるの？」

私の言葉にお母さまは、そうねえ、と少し考えて言った。

「千代子には、自分が納得した道で幸せをつかんでほしいと思うからかしら」

今まで聞いたことのなかったお母さまの考えに、再び「どうして」と疑問を
投げかけようとした、そのとき。

今まで聞いたことのない地鳴りのような音がして、次の瞬間、立っていられ

ないほどの強い揺れが私たちを襲った。どうすることもできず、お母さまと抱きあいながら床にしゃがみこむ。あまりの恐怖に体中が震える。

お母さまが私を抱きしめるようにして守ってくれるが、強い揺れはしばらくしても収まる気配がない。目には涙がにじんでくる。

「大丈夫、大丈夫だから。千代子はみんなを連れて公園へ避難して」

お母さまも顔が真っ青なのに、必死に私を安心させようとしてくれる。

「お母さまは」

どうするのですか、と続けようとするが声が出ない。ただただ涙が頬を伝う。

「私は荷物をまとめて後から行くわ。急ぎなさい」

そうしている間にも頭上からたくさんのものが降ってくる。応接間からは弟たちの泣き叫ぶ声と、それをなだめる信子ちゃんの声がする。

「……わかりました。ではまた……公園で」

「みんなをお願いするわね」

　涙をぬぐい、お母さまから離れる。部屋に立ち寄って時翔くんの手紙だけを懐にしまい、はうようにして応接間へと向かう途中、何度もガラス戸の割れた破片が足に刺さる。しかし感覚がまひしているのか、痛みは感じなかった。

　応接間の大きな机の下では、信子ちゃんが弟たちの背中をさすってくれていた。恐怖に負けないように、みんなに声が届くように、全身から声を振りしぼる。

「みんな、逃げるわよ。荷物はお母さまが運んでくださるから。急いで！」

　後に『関東大震災』と呼ばれるその震災で、私はお母さまを失った。

　私たちが公園に走りこんだ途端に家の方面から火の手が上がり、次の瞬間、とてつもなく大きな爆発音とともにあたりが真っ暗になったのだ。

「お母さま」と駆けだしそうな弟たちの手をつかみながら必死に無事を祈ったが、その祈りも空《むな》しくお母さまは亡《な》くなった。

「お姉ちゃん。ぼく、昨日に戻りたい」

そんな弟の言葉に、なぜこれほど大きな震災を教えてくれなかったのだろうと、時翔くんを恨んだ。やっぱり本当は未来の人なんかじゃなくて、誰かのいたずらだったのかもしれない。そんないたずらに騙《だま》されて好きとまで言って、本当にバカみたいだ。

震災から数週間。あたりを焼きつくした火災も落ち着き、ようやく町に静けさが戻った。私たちはお父さまと再会し、家があったはずの場所を訪れた。奇跡的に燃えずにすんだ、あのしだれ桜の木が目印だ。しかしそれ以外は一つ残らず燃えてしまって、お母さまにお供えできるものは何もない。そのぶん、私たちは長い合掌をささげた。

帰りに家の跡を見て回ると、焼け跡には不自然なほど真っ白な紙が落ちていた。まさかと思い、おそるおそる拾い上げて紙を開く。そこにはどこか懐かしい、時翔くんの文字が並んでいた。

『千代子ちゃん
お願いがあります。今すぐ、できるだけ遠くに向かってください。大切な人たちを連れて。

明日、信じられないくらい大きな地震が東京を襲います。

落ち着いたらまた手紙をください。いつまでも待っています。

時翔より』

手紙を読んで、涙が止まらなくなった。

時翔くんはちゃんと知らせてくれていた。そういえば以前、時翔くんは『大正時代のことは秋から習う』と言っていたではないか。きっと何かの拍子に震災のことを知って、あわててこの手紙を書いてくれたのだろう。そんな彼を少しでも疑い、恨んだなんて。

「お姉ちゃん、泣かないで」

弟たちが駆け寄ってきてくれる。お父さまも心配そうに私を見ている。

これからは私がお母さまのように、何があっても弟たちを守り、お父さまを支えていこう。震災によって全ての葉が焼け落ちたしだれ桜の木に誓う。この木もこんなにぼろぼろになっても、百年後にはきれいな花を咲かせるのだから。


あれから急いで時翔くんに手紙を書いた。震災のことを知らせてくれたからといって、私の告白を時翔くんが迷惑に思っていないとは限らない。それでもせめてもう一通だけ、彼に感謝の言葉を伝えたかった。

しかし手紙は私の前から消えてはくれなかった。大きな震災によって、今と百年後をつなぐ時間の軸が歪《ゆが》んでしまったのかもしれない。

『時翔くん
お手紙ありがとう。私は無事だよ。

あのときは、突然好きだなんて言ってごめんね。きっと迷惑だったのに、助けようとしてくれて本当に嬉しかったよ。

でも、私はまだまだ百年後のことを知りたかったな。絶対に長生きしてこの目で見るからね。またいつか、どこかで必ず会おうね。

時翔くん、どうか幸せで。

千代子より』

届かないとわかっても、私はしばらく書くことをやめなかった。もしかしたら今回は届くかもしれない、という希望をどうしても捨てきれなかったのだ。

しかし届くことのない手紙を書くたびに、行き場のない想いだけが積もり続けた。

「信子ちゃん、結婚本当におめでとう」

二十二歳になった春、信子ちゃんは以前の宣言どおり、すてきな人との結婚が決まった。ついに式を翌日に控え、小さい頃から彼女とずっと一緒にいた私は、結婚する本人よりも緊張している。

「もう、何回言うのよ。それで千代子ちゃんは？　いい人いないの？」

結局、私の結婚の話は白紙に戻った。震災によってお相手の家庭事情が変わったのだ。そういえば当時、信子ちゃんはこの話を聞いて自分のことのように悲しんでくれた。でも当の私は時翔くんのことで頭がいっぱいで、正直ほっとしたことはもちろん誰にも言っていない。それに今でも、時翔くんのことを忘れることができていないのだ。

「いい人、ねえ……」

私のため息に、信子ちゃんは何かを感じ取ったようで、

「もしかして千代子ちゃん、想っている人がいるの？」

とまっすぐに見つめてきた。最近はもはや、自分の気持ちにどう折り合いをつけていいのかわからなくなっていた。もう信子ちゃんになら言ってもいいかな、と机の下でスカートを握りしめる。

「私が今から言うこと、信じてくれる？」

もちろんだよ、とうなずく信子ちゃんに、私は文通の始まりから今までのことを全て話した。震災の直前に想いを伝えたと言うと、信子ちゃんは顔をくしゃくしゃにして泣いてくれた。「明日結婚式でしょ。泣いたら目が腫れちゃうよ」と言う私も、ようやく誰かに話ができた安堵《あんど》で涙が止まらなくなった。

「それで……千代子ちゃんは、どうしたいと思っているの？」

「これが運命なんだと思って、ずっと時翔くんを想って一人で生きていこうかなって」

本心だった。あんなにも私のことを認めてくれる人は、もう現れないのではないか。

「それはだめよ」

思いがけない信子ちゃんの言葉に、はっと顔を上げる。

「千代子ちゃん、さっき『時翔くんには幸せになってほしい』って言ったよね。時翔くんもきっと、同じことを願っているはずよ」

「でも無理に誰かと結婚して、私は幸せになれるのかな……」

信子ちゃんが首を横に振る。明日のために、きれいに伸ばした髪が揺れる。

「無理に、じゃなくて、千代子ちゃんが納得した男性と結婚するのよ。お父さまがお決めになったのだとしても、自分がきちんと納得した人とならきっと幸せになれる。お母さまもそう言っていらしたんでしょう？」

私もそうだしね、と幸せそうに笑う信子ちゃんを見て、張りつめていた心がゆるんでいくような気がした。

「ありがとう。私、信子ちゃんに支えてもらってばかりだね」

「こちらこそだよ。それにしても、時翔くんってすてきな名前ね。それに本当に時を翔《か》けたなんて、とってもロマンチックだわ」

「じゃあ信子ちゃんに男の子が産まれたら、時翔くんにしたらどう？」

「あら、いいわね。でもそうしたら、私の息子と千代子ちゃんが文通することになるわよね」

「手渡しで返事が届けられるわね」

これからもきっと、時翔くんのことを想う日は続くのだろう。それでも私はたくさんの経験をして、たくさんの人と出会って、いつか時翔くんと会えたときには自分を誇れるように生きていこう。

数年が経った。私は銀座の百貨店でお化粧品を紹介するお仕事に就《つ》き、毎日忙しく働いている。あまりにお仕事が楽しいので縁談《えんだん》をいくつも断ってきたが、最近お父さまが結婚を強くすすめるので、一度一人の男性と会うことを決めた。

二十八歳の冬。お相手の清《きよし》さんとの顔合わせの日。

出かける前、鏡台の前でていねいにお化粧をした。仕事柄か、この数年でお化粧の腕が格段に上がった。最後にのせる口紅の色は少し迷ったけれど、真っ赤なものではなく淡い色に決めた。

しかし、そんな淡くてやわらかな色とは裏腹に、私は合戦場の武士のような気持ちで清さんの家にいた。

「この度は顔合わせの機会をいただき、どうもありがとうございます」

「いえいえ、すてきなお嬢さんじゃないですか」

お父さまとお相手のご家族が談笑している間、どうしたら清さんが自分に合っているかを確認できるだろうかと考える。しかしなにも浮かばない。やはりこの場だけで判断するのは難しいのかもしれない。

「娘は料理も上手だし、家事はかなりできますよ。ただ少し気が強いものでねえ、ご苦労をおかけするかもしれません」

力が強いとか気が強いとか、そんなに悪いことかしら。お父さまの言葉に少しむっとする。

「うちの家内も気が強いところがありましてね。いや、千代子さんとは気が合うかもしれませんな」

清さんのお父さまの言葉も大きなお世話だと思いつつ、隣で私と同じようにむっとした顔をする清さんのお母さまを見て、何だか気が抜けた。気の強い方がお姑《しゅうとめ》さまだと大変らしいわよ、と信子ちゃんが言っていたが、お母さまとは本当に気が合うかもしれない。

そうこうしているうちに日が暮れた。清さんとは何度か言葉を交わしたものの、決め手に欠けたまま帰りのときになり、あちらのご家族が一家総出で門まで見送りに来てくださることになった。前を歩くお父さまは清さんのご両親とすっかり打ち解けている様子で、私たち二人のぎこちない温度との境界線が見てとれるようだ。

「千代子さん、今日は来てくださってありがとうございました」

沈黙をやぶり、清さんが声をかけてくれる。年上なのにずっとていねいな口調で話してくださって、本当に紳士的な方だ。

「こちらこそ、ありがとうございました」

そう返事をしてお辞儀をしようとしたとき、清さんが意外な言葉をくれた。

「僕は、千代子さんにはありのままでいてほしいと思います」

「え……?」

聞き覚えのある言葉に、初めて彼の目を見る。

「お父さまに気が強いと言われたとき、納得がいかないという顔をされていましたよね。でもそこも含めて千代子さんはすてきな女性だと、僕は思いました」

だから、と清さんは続ける。

「気が強いところも、無理に変えようとしなくていいです。余計なお世話かもしれませんが……」

彼の言葉が、すとんと心に落ちた。

十五歳の頃に時翔くんからもらった、『ありのままでいてほしい』という言葉がよみがえる。あの言葉を支えに、私は今まで頑張ってくることができたのだ。

「ありがとうございます」

涙で視界がにじむ。「すみません、出過ぎたことを言ってしまいました」と清さんがあわてるのも面白くて、泣きながら笑ってしまう。

その年の暮れに、私は彼と結婚式を挙げた。もちろん唇には、真っ赤でかわいい、お母さまの持っていたものと同じ口紅をのせて。『自分が納得した道で幸せをつかんでほしい』。あのときのお母さまの願いも、清さんとなら叶えられると信じて。

そして季節が一周する頃に、私たちは男の子を授《さず》かった。

あれから私はたくさんの悲しみや困難を乗り越えた。

布団の中から天井をながめていると、今までのことが頭をめぐる。

結婚から十年が経とうとする頃、清さんは戦争に召集された。戦地からなかなか手紙の返事が来ず、不安が絶望に変わろうとした折には東京で空襲があった。私は息子と疎開していたから助かったが、後に見た東京の焼け野原は関東大震災を彷彿《ほうふつ》とさせ、余計に胸が苦しくなった。

しかし、それと同時に喜びもたくさんあった。

一番は清さんが生きて帰ってきてくれたこと。戦地で負った怪我の具合は深刻だったが、愛する人が自分のもとへ帰ってきてくれる以上の喜びはないと、私は母を亡くしたときに知ったのだ。

そして、昔時翔くんから教えてもらった便利な機械をこの手で使うこともできた。近所の人たちとテレビに向かってオリンピック選手に声援を送ったときの興奮や、洗濯機を初めて回したときの感動を思い出す。

もう一度、時翔くんに手紙を書こう。届けることはできないけれど、今の私なら彼にどんな手紙を書くのかが、とても気になった。


ペンを持って『時翔くん』と書いた瞬間、当時の感情がまざまざとよみがえってきた。今はもちろん、先に天国へ行った清さんを一番に愛しているけれど、あの頃の胸の高鳴りは忘れられないもののようだ。ありのままの私でいていいのだと誰よりも先に気づかせてくれた時翔くんの言葉は、十五歳の頃からずっと私の中で輝き続けていた。

書き終えた手紙をどうしようかと考えていると、息子が枕元まで様子を見に来てくれた。

「気分はどう？　あれ、なんだか調子がよさそうだね」

そのとき、私はあることを思いついた。無茶だけど、もしかしたら時翔くんに手紙を届けられるかもしれない方法。

「ねえ。あなたに一つ、頼みたいことがあるのだけれど……」

今度こそ、私の想いは届くだろうか。

第三章　美月

『美月《みつき》ちゃんお誕生日おめでとう！　つながって半年でこんなに仲よくなれて本当に嬉しい。すてきな20歳にしてね』

うーん、とうなり声だかため息だかわからない音を出して画面をにらむ。こうしてサツキちゃんとのメッセージ画面をさかのぼるのは何度目だろう。

『ありがとう！　私もサツキちゃんと仲よくなれてほんとによかった。直接会ったことがなくても、サツキちゃんは私の大切な友達です。これからもよろしくね』

近く彼女がいなくなってしまうなんて知りもしない、能天気な自分の返事が腹立たしく思える。このときに戻りたいな、とも。

大切な友達。表面的な言葉ではなく、サツキちゃんは私にとって、本当にそんな存在だった。

『メッセージと電話のやりとりだけで実際に会ったことないのに、もう美月ちゃんがいなかったら生きていけないかも（笑）』

『私の台詞だよ。おばあちゃんになってもずっと続けようね』

それなのに、こんなに早く終わりを迎えてしまうなんて。しょせんＳＮＳでのつながりはもろいものだとわかっていても、サツキちゃんがいなくなった当初は心にぽっかりと穴が開いたようだった。

「美月！」

突然名前を呼ばれて、飛んでいた意識が戻される。

「ごめん遅くなって。先に食べといてくれてよかったのに」

教室の後ろの方にいる私に向かって朱里《あかり》が駆けてくる。息を切らしているところを見るとかなり走ってきたのだろうが、くるりと巻かれた前髪が全く崩れていないのは何かの魔法みたいだ。

「大丈夫だよ。今日拓海《たくみ》くんは？」

「部活あるらしくって」

隣に座った朱里は早速お弁当を広げ始める。

「それにしても、いいなあ。大学生になったら彼氏は自然にできると思ってた」

きれいに巻かれただし巻き卵に白菜とシーチキンのあえもの、アスパラガスのベーコン巻き。いつもながら、色とりどりのおかずが入った朱里の手作り弁当は本当においしそうだ。隣でコンビニの袋からとんかつ弁当を出すのが少し恥ずかしい。

「美月は高嶺《たかね》の花だと思われてるからだって。顔だって美しい月っていう名前に圧勝してるし、こんな後ろの席に座って授業中ぼーっとしてるのに成績いいし。東京歩いたら一瞬でスカウト来そう。毎日二時間かけてでも東京に通いなよ」

「それはほめすぎ。それに毎日新幹線で東京に行くのは気合い入れ過ぎだよ」

「そうかなあ。そういえば昨日、久々にマイグラムで自撮り上げてたよね。美人すぎてスクショ撮りまくっちゃった。いいねの数もすごかったね、MOONさん」

「マイグラムの名前で呼ばないの」

大学に入って、趣味の話で意気投合した朱里とはすぐに親友になった。

朱里は以前から『マイグラム』というSNSでコスメの紹介をしているインフルエンサーだった。彼女の頼みで私がコスメ紹介のモデルをするとその投稿がバズり、流れでなんとなく私もマイグラムを始めた。洋服が好きな私の投稿はほとんどファッション関係だけれど、ありがたいことにフォローしてくれている人は多い。

「そういえばさっきなに見てたの？　眉間のしわ、やばかったよ」

朱里が私の顔を再現してくる。

「サツキちゃんのやつ」

「仲がよかったのはわかるけど、もう忘れなって」

「そうだよね、さすがにもう三か月経つしね」

「うん。ていうかさっき、新入生に間違われてサークルのチラシもらっちゃった。もう三年生なのに」

「若く見られたってことだよ。よかったじゃん」

そうこうしているうちに始業のベルが鳴って授業が始まった。配布されたプリントの三分の一あたりで、朱里が眠気に負けて揺れ始める。いつもの光景だ。

私は何となく暇を持て余して、再び端末の画面を開く。先ほど閉じる直前に見ていたサツキちゃんとのメッセージ画面が現れたので、一番初めまでさかのぼろうとスクロールを重ねた。

『はじめまして、突然すみません。昨日のMOONさんの投稿文がとてもすてきでメッセージを送らせていただきました。お洋服もかっこよくていつも見てます。これからも頑張ってください！』

マイグラムを始めて少し経った頃、『サツキ』というアカウント名の女の子からそんなメッセージが届いた。顔のことや洋服のことでのメッセージはよく送られてくるが、ひそかにこだわっていた文章をほめられたのは初めてだったので、大学に着いてすぐ朱里に報告するほど嬉しかった。

東京在住のサツキちゃんは中学生の勉強系インフルエンサーだった。勉強したノートやおすすめの筆記具を投稿したり、リアルタイムで自分の『今』を発信できる『マイライブ』でフォロワーと一緒に勉強をしたり。メッセージをもらって彼女の活動を知ったときは、心底すごいと思った。

『ありがとう。投稿文をほめてくれて本当に嬉しい。サツキちゃん（って呼んでもいいかな？）の投稿もすごいね。今度マイライブやるときは絶対見るね』

『え！　MOONさん、ずっと憧れだったので嬉しすぎて気絶しそうです。これからも投稿の感想送ってもいいですか？』

『もちろんだよ。ていうかMOONって打ちにくいでしょ。私、美月っていうからそう呼んでくれたら嬉しいな。サツキと美月ってなんか似てるね(笑)』

『じゃあ美月ちゃんって呼ばせてもらいます。とてもすてきなお名前ですね』

一人っ子である私にとっては、『美月ちゃん、美月ちゃん』と懐いてくれる彼女が妹のようでかわいかった。サツキちゃんも私を姉のように思ってくれたのだろう、私たちはそのうちビデオ通話を使って趣味やその日あったことなんかも話すようになった。ただあくまでネット上の関係だから、お互い学校名や苗字《みようじ》などは言わなかった。私にいたっては『サツキ』が彼女の本名かどうかも知らなかったけれど、そんなことは気にならなかったし、何よりこのやりとりはいつまでも続くと信じて疑わなかった。

『美月ちゃん、さっきの投稿文の最後に誤字あるよ！』

一度、サツキちゃんからのメッセージで投稿の誤字に気づいたことがある。

私は細かいことが気になる性格で、昔から言葉選びや誤字には人一倍気をつかっていた。なので、その間違いへの指摘は本当にありがたかった。

『ありがとう。おかげですぐに訂正できた』

『よかった。美月ちゃん文章にこだわってるから、誤字があったら嫌だろうなと思って』

『そうなの。中学生のときに一瞬だけつきあってた相手からのメッセージが間違いだらけで、我慢できずに別れたこともあるくらい』

彼からの『気をつけて』は結局ずっと『気おつけて』のまま直らなかったなと思い出にふける。最後に『美月は細かすぎるんだよ』と言われたから、それをきっかけに人の文面を訂正するのはやめた。彼の言う通り、私のこだわりすぎるくせはよくないのだと思った。

『わかる。たしかに間違いだらけだと嫌になっちゃうかも（笑）』

だからサツキちゃんからの何気ない一文に、中学時代の私が救われた気がした。あの頃彼から否定された私に、サツキちゃんが大きな『いいね』をくれたようだった。

『ありがとう。これからもサツキちゃんにほめてもらえる文章を書くから見ていてね』

しかし彼女は約三か月前、何も言わずに私の前からいなくなった。つながっていたSNSのアカウントが全て削除されたのだ。気がついたときは頭の中で『なんで？』を繰り返しながらも、アカウントの運営に疲れたのかな、きっとまた別のアカウントを作って連絡してくれるはずだよねと考えていた。しかし月日が経つうちに、その望みも薄くなった。

自分のフォロワーさんに何か知っている人がいるかもしれないと、情報提供を求めたりもした。しかしこれはという反応が返ってくることはなかったし、私の呼びかけを見て初めてサツキちゃんがいなくなったことに気づいたという人もたくさんいた。サツキちゃんの投稿に毎回コメントを書きこんでいた人も、一度驚いただけですぐに忘れたようだった。そんな光景をどこかもどかしいと感じるとともに、何か知っている人がいたらいたで、きっと彼女のSNS上での一番が私ではなかったと思い知らされて切なくなるのだろうなとも思った。

「うわ、また寝てた！　どれくらい寝てたんだろ。まあいっか」

先生がチョークを床に落とした音で朱里が飛び起きて、またつっぷした。授業開始からすでに一時間が経とうとしていた。

パァン！　という音とともに拍手が起こる。

アルバイトもあるし今日の練習はこれくらいで終わろう、と一礼して射場《しゃじょう》から出ると師匠《ししょう》が来ていた。師匠は私が弓道《きゅうどう》を習い始めたころからお世話になっていて、もう八十歳を超えているはずなのに現役バリバリだ。

「美月ちゃん、上手になったねえ」

「師匠のおかげです。そういえば師匠は、次の審査受けられるんですか？」

「どうしたもんかな」

「範士《はんし》、目指してくださいよ」

「そうだねえ、でも最近いつもの調子が出なくて悩んどるんだ。食も細くなった気がするし、わしもついに老化かの」

そう言いながら師匠はストレッチを始める。

「師匠に限って老化はまだですよ。でもスランプなんて、珍しいですね」

「そうじゃの。美月ちゃんはもう帰るのかい？」

「はい、そろそろ失礼します」

「気をつけてね。そうだ、今度あれ教えてほしいんだがの。なんだっけか、いま若い人の間ではやっていて、写真なんかを投稿する」

「もしかして、マイグラムですか？」

「そうそう。時間のあるとき、いつでもいいからお願いできるかの？」

「いいですけど、急にどうしたんですか？」

「話せば長くなるんだが、人を探していて」

「でも師匠のお友達はマイグラムなんかやっていないのでは……」

「さらっと辛口なことを言いおるの。いや、わしが探しているのは中学生の男の子なんだよ。彼がそのマイグラムとやらをやっているのかはわからんのだけれど」

いくら尊敬する師匠といえども、目の前のおじいちゃんと『マイグラム』という単語のあまりの似合わなさについ笑ってしまう。

「では今軽く教えますね。まずアプリを入れてください」

「これか？　おお、個人情報を入れんといかんのか」

「そうです。では師匠が登録している間に着がえてきますね」

着がえを終え、袴《はかま》をたたんで更衣室から出ても、師匠はまだ端末を顔に近づけたり遠ざけたりしていた。本人は真剣なのだろうが、あまりの大きな動きに周りの人もちらちらと師匠を見ている。

「よければ入力しましょうか。口頭で言っていただけたら打ち込みますよ」

画面をのぞくと、メールアドレスの欄に名前が入力されていた。

「そりゃ助かる。最近老眼が進んで、手も震えて散々なんだよ」

「でもまだ弓道は現役ってすごいですよ」

そう言いながら師匠に情報を聞き、入力していく。

「登録終わりました。さっそく検索機能を使ってみましょうか。探している人の名前を教えてください」

「ありがとう。時翔くんだよ。時を翔けると書いて時翔。苗字はわからんのだが、中学生の男の子だ」

「失礼ですが、どういうご関係なんですか？」

なぜ名前と年齢しかわからない人を探すのか。私のいぶかしげな目線に、師匠は「そうだな」とつぶやく。

「話せば長くなるんだが、聞いてくれるか？」

私は自分のスマホで時間を確認し、アルバイトまではまだ余裕があることをたしかめてうなずいた。

「この話の発端は百年前までさかのぼるんだ。わしの母はひょんなことから百年後、つまり今を生きる男の子と文通を始め、恋に落ちたのだよ――」

師匠の話を聞き終えて全身に鳥肌が立った。師匠はこんな嘘をつく人ではないから本当なのだろうが、百年の時を超えた文通だなんて理解を超えていた。それに、そんな奇跡のように出会い、想いあっていた二人が震災で引き裂かれてしまったなんて。

「ほほ、なかなか泣けるだろ」

気づくと私の頬に涙が伝っていた。師匠の言葉にあわてて涙をぬぐう。

「母はそれがどうしても心残りだったようで、亡くなる前に時翔くん宛ての手紙をわしに託したのだよ。だから、どうしても時翔くんを見つけたいのだ」

「今までは探していなかったんですか？」

「ああ。母から聞いた時翔くんの情報を最大限に活かすためにも、文通が始まる年に入ってから探そうと決めていたんだよ」

「なるほど。そういうことなら時翔くん探し、私にも協力させてください。千代子お母さまからの手紙を早く届けないと」

「そう言ってもらえると心強いのう。でも仮に時翔くんを見つけられたとしても、震災の日を過ぎてからでないと、この手紙は渡せんのだよ」

「たしかに。早く届けすぎると二人の文通の内容も変わっちゃいますもんね」

「そういうことじゃ。それに母に聞いた話から時翔くんが住んでいる所はだいたい見当がついておるのだが、ここからは少し遠い。そんなに何度も探しに行けん」

「そうなんですね……。とにかく私も、帰ったらマイグラム含めいくつかのSNSで探してみます」

「美月ちゃん、それサーブ終わったらレジお願い」

「はい」

返事をして珈琲《コーヒー》の載ったトレイを手に一歩踏み出した瞬間、目の前の椅子につまずいて珈琲をこぼしてしまった。急いでキッチンにいる人に替えを用意してもらう。

「すみません、私の不注意で」

「大丈夫だよ。ほらこれ持っていって」

「ありがとうございます」

サーブを終えて急いで戻ると、先輩がレジを打ってくれていた。

「すみません。ありがとうございます」

「いいのよ、美月ちゃんのミスは珍しいから逆にほほえましかったわ。それよりなにかあったの？　今日ずっと魂が抜けてるみたいに見えるけど」

たしかに、師匠の話を聞いたときから魂は抜けているのかもしれない。何をしていても上の空だ。

「先輩」

「なに」

「先輩は、百年前の人から手紙が届いたらどうします？」

「なに急に。百年前の人から手紙？」

「やっぱりなんでもないです。すみません」

「うーん、とりあえずビデオ通話で向こうの暮らしを見せてもらいたいかも」

「なんの話ですか。百年前にビデオ通話なんてカケラもないですよ」

「それもそうね」

帰宅して早速SNSで時翔くんを探し始めようと思ったが、その前に片付けをしなければならない。机の上に散らばっている物を棚に押し込んでいると、朱里から着信が入った。

「美月帰ってる？　もう行っても大丈夫？」

「今帰ったところ。いつでも来てね」

「わかった、今から行く」

通話をしながら冷蔵庫を開けると、常備している梅酒があと一口分しか残っていなかった。

「ごめん朱里。途中でお酒買ってきてくれない？」

「了解。いつものやつ買ってくね」

「ありがとう。着いたらまた連絡して」

私たちはお互い一人暮らしで家が近いこともあって、ほとんど毎日どちらかの家で晩ご飯を食べる。一人で家にいるのが嫌なわけではないけど、朱里とは気兼ねせずに過ごせるし、この生活に慣れてしまったので元の生活に戻ることはもう考えられない。

なにを作るかは決めず適当にいくつか野菜を出して刻んでいると、朱里がやってきた。

「いらっしゃい。お酒ありがとう」

「全然よ。あ、なにか作ってくれてる！」

そう言いながら、朱里はまるで自分の家のように慣れた様子で定位置であるソファに荷物を置き、洗面所で手を洗い始める。

「野菜切ってみたけど、なに味に炒めたらいいと思う？」

「とりあえず塩かな。でも美月様の手料理ならなんでも嬉しいわ」

「じゃあ塩かけとくね」

我ながら上手にできた野菜炒めを盛りつけてリビングを見ると、朱里は誰かからのメッセージを読んでにやけていた。それに対して先ほどから無言を貫く私の端末に、何ともいえない気持ちになる。

「できたよ。なににやけてんの、拓海くん？」

「ありがとう。そう拓海……わあ！　今日の野菜炒め焦げてない！　すごいじゃん、成長だよ」

私はこれまで炒め切れていないニンジンに始まり、丸焦げの玉ねぎなどを出しては朱里を驚かせてきた。火加減や野菜の投入順など、一から料理を教えてくれた朱里には頭が上がらない。

「でしょ。ていうかずっと思ってたんだけど、拓海くんとは会わなくていいの？　ほとんど毎日私といて大丈夫？」

「たしかにそうなんだけど、大好きだからこそいい距離を保ちたいんだよね。飽和状態にしたくないっていうか。常に会いたいって思ってたいし、思われたいの。拓海もそう言ってくれてる」

二人の関係がうらやましくなって梅酒を一気に流し込む。今日はいつにも増してお酒が進みそうだ。

「いいなあ、好きだからこそ近づきすぎないんだ」

「そう。でも心の距離は究極に近いよ。あ、おいしい！」

「ほんと⁉　嬉しいです、これからも精進します」

「私が責任をもって精進させますね。そういや今日、久々に弓道行ってきたんでしょ？　新しくかっこいい人来てたりしないの？」

「しないしない。弓道の習い事なんて、そもそも若い人自体が少ないもん」

自分の父くらいの同期や祖父くらいの師匠の顔を思い浮かべていると、今日の師匠の話がよみがえってきた。

「あ！」

「なに？　やっぱり新入りのイケメンいた？」

「違う違う。ねえ朱里、ちょっと聞いてほしい話があるんだけど」

「なに、イケメンからデートのお誘いがあったの？」

「一回イケメンから離れて。そんな次元の話じゃないの。今日弓道の師匠から聞いた話で、師匠のお母さんが千代子さんっていうんだけどね……」

朱里に語りながら、改めて千代子さんと時翔くんの気持ちを想像してまた泣けてくる。せっかく千代子さんは勇気を振りしぼって想いを伝えたのに。時翔くんの気持ちは聞けずに終わってしまったようだけど、話を聞く限り二人は両想いだったのではないだろうか。もし文通が続いていれば、先ほど拓海くんからのメッセージを見てにやけていた朱里のように、きっと千代子さんにも胸がいっぱいになる瞬間がたくさんあったんだろうな。

「すごい話だね、信じられない……。でも本当にあったことなんだよね」

「あったっていうか、これからあるっていうか。千代子さんサイドで見ると『あった』だし、時翔くんサイドで見ると『これからある』んだよね。ややこしいけど」

「そっか、二〇二三年九月ってことはあと五か月後なんだ。もう文通は始まってるの？」

「正確な日付はわからないけど、一九二三年の年明け頃からみたいだから、すでに始まってるね」

「でも、時翔くんを見つけてどうするの？」

「とりあえず震災の日を過ぎたらすぐに千代子さんからの手紙を渡す、かな」

「なるほどね。時翔くんが長く悩まないようにすぐ届けないとね」

「だから今からでも探しておきたいんだけど……。時翔くん、マイグラムやってるのかな」

さっそくマイグラムであらゆる角度から検索をかけてみるけれど、下の名前と年齢しかわからないのでさすがに厳しい。一旦検索をやめ、時翔くんの名前でいっぱいになった検索履歴を消していく。再び、どうしても消せないサツキちゃんの検索履歴が上位にあがってくる。

隣で朱里も検索してくれているが、それらしきアカウントは見つからないようだった。

「他のSNSも見てみるね」

「私もそうする」

それから数十分かけて検索をしても時翔くんらしきアカウントは見つからず、途中で寝落ちしてしまった私たちは翌日の一限を気づかぬうちにサボっていた。

「師匠、マイグラム含めいろいろ探してみたんですが、時翔くんらしき人は見つかりませんでした……」

「探してくれたのか。わしもマイグラムとかなり格闘したんだが、見つからなかった」

「やっぱり名前だけじゃ厳しいのかも」

私の言葉に師匠が天をあおぐ。

「時翔くんの顔のほくろが〝夏の大三角形〟みたいな形らしいというのは聞いているんだがのう」

「なんですか、それ」

あまりに突然でてきた夏の大三角形に笑ってしまう。

「とりあえず東京に行って探すしかなさそうですね」

「うむ。わしは来月行くつもりだ」

直接行って探すなんてかなり原始的な方法だが、致し方ない。

「そういえば師匠、前に時翔くんの居場所の見当がついているっておっしゃってましたけど、どの辺なんですか？」

「以前母が住んでいた家のあたりだ。東京の下町で、昔も今も近所に古くて大きなしだれ桜の木が見える場所らしいから、とりあえずそれに賭けて行ってみようと思う」

そう考えると時空を超えた文通の謎は、二人の地点が一致していることとも関係があるのかもしれない。

「それで見つからなかったら、夏休みに私も一緒に行きますね」

「ありがたいが、美月ちゃんの用事があるならそっちを優先してくれて構わんよ」

「いえ、必ず行きます」

私のあまりの真剣さに師匠が吹き出す。つられて私も笑ったけれど、二人の恋愛に感動したとはいえ、なぜ自分がこんなにも時翔くん探しに真剣なのかは正直わからなかった。

「そんなわけで、師匠は来月東京に行くんだって」

「すごい、元気だね！」

「私も夏休みになったら行こうかなって」

大学へ向かう道で私がそう言うと、朱里は大きな瞳を見開いて私を見た。

「いつになく本気じゃん」

「なんでかわからないんだけど、放っておけなくて」

「サツキちゃんの件と重ねあわせてるんじゃないの？」

「あ……」

朱里の言葉に、私の中で今まで固まっていた何かが溶けていくような気がした。思えば彼女も時翔くんと同じ、『東京の中学生』だ。私の場合は彼女の本名さえ知らないけれど。

「でも私、サツキちゃんのことなにも知らない」

「大丈夫だって。美月、ビデオ通話してたしサツキちゃんの顔はわかるんでしょ？　もしすれ違ったら絶対びびっとくるよ」

「でも勝手に探すなんて、ストーカーで逮捕されたりしないかな」

「ごめんそれはわかんない」

「冗談で言ったのに、不安になってきたじゃん」

「まあ時翔くん最優先でいけば？　サツキちゃんはついでだよ、ついで」

冷静に考えたら、時翔くん探しだって傍《はた》から見れば立派なストーカーだ。もし時翔くんに会えたとしても嫌がられたらすぐに撤収しよう、と心の中で誓う。

「よっ、お二人さん！」

後ろから急に肩を叩かれて、思わず声を上げそうになった。振り返ると、

「拓海じゃん。もう、驚かさないでよ」

くしゃっと笑う拓海くんに、朱里が頬をふくらませる。

「ごめんごめん。おはよう美月ちゃん」

「お、おはよう」

「なんで美月にだけ挨拶するの⁉」

「ごめんって。おはよ、朱里」

そう言って拓海くんは私たちの間に入って歩き出した。隣で二人はまだ小突きあっている。

変わらないな、と思った。肩を叩くときは二人の肩を、歩くときは二人の間を。声をかける順番は私から。誰にも言ってないけれど、実は私も拓海くんを好きな時期があった。いつも必ず一番に声をかけてくれるから、もしかしたらと期待したこともあった。でも本当に好きなのは朱里。今思えば三人でいるときのバランスが崩れないように、あえて私から先に声をかけてくれていたのだろう。

「今日拓海のお弁当作ってきたよ」

「まじで！　超嬉しい。朱里のお弁当、本当にうまいんだよな」

二人を眺めながら、私も誰かに本気で愛されてみたいなと思った。ぼんやりと会話に参加しつつ歩いていると、いつのまにか大学に着いていた。桜が散って緑色に染まりつつある木々が音を立て、さわやかな風が髪を揺らした。

「師匠って、時翔くんからの手紙は全部読まれたんですか？」

最近のお稽古《けいこ》終わりはほとんど毎回、師匠と時翔くんについて話している。

「全部もなにも、一通も読んどらんよ」

「どうしてですか？　あるにはあるんですよね？」

「もちろん大事に保管しているよ。しかし母が亡くなる前に『できれば中を見ないで本人に返してあげてほしい』と言っていたもんで、見るに見られんのだよ」

たしかに好きな女の子に送った手紙なんて、他の人には絶対見られたくないだろうな。自分の発言の無神経さを反省する。

それに、と師匠が続ける。

「母は何度も手紙を読み返して、時翔くんの情報は全てわしに伝えたと言っていたんだ」

「それなら読まなくても大丈夫ですね。ところで東京に行かれるのって明日ですよね？　夕方からは時間があるので、いつでも連絡くださいね」

「ありがとう。じゃあ一度電話させてもらおうかの」

「ぜひ」

翌日の夕方は、講義が終わると一直線に家に帰った。

まだ師匠から連絡が来ていないことを確認して、テレビを見ながら何となくサツキちゃんとのメッセージ画面を開く。

『美月ちゃんお誕生日おめでとう！　つながって半年でこんなに仲よくなれて本当に嬉しい。すてきな20歳にしてね』

『ありがとう！　私もサツキちゃんと仲よくなれてほんとによかった。直接会ったことがなくても、サツキちゃんは私の大切な友達です。これからもよろしくね』

あいまいだけど心強いこの関係が、ずっと続くと信じていた頃のメッセージ。サツキちゃんとのメッセージはこの日が最後だけれど、翌日にビデオ通話をしたときの会話は今でも覚えている。何と言っても、失恋直後だったから。

「サツキちゃん聞いてよ、好きな人が親友の彼氏になった。悲しすぎる」

「大丈夫。美月ちゃんには絶対、もっとすてきな人が現れるよ」

「ほんとサツキちゃんだけが心の支えだ……。ありがとう」

朱里と拓海くんがつきあい始めた頃は、相談できる人が誰もいなくて、心がばらばらになりそうだった。そんなときに励ましてくれたのがサツキちゃんだった。

「サツキちゃんは彼氏いるの?」

「いないよ。私も早くいい人ゲットしたい」

「意外だね! でもサツキちゃんなら、きっとすぐにすてきな彼氏ができるよ」

そんなやりとりの翌日、いつものように私がアルバイトの愚痴《ぐち》を送ろうとアプリを開くと、サツキちゃんはいなくなっていた。それからもう三か月。

私が個人的なことを聞いたから？　まさかそんなことないよね。彼氏がいるか聞かれただけで、アカウントまで消したりしないよね。日が沈んだ空を眺めながら願いを込めてそう自分に言い聞かせていると、師匠から着信が入った。

「師匠、なにかわかりましたか？」

「美月ちゃん、これは大変そうだ。母が住んでいた場所の近くには、マンションも中学校もたくさんあってわけがわからん」

「東京ですもんね……」

師匠の声とともに聞こえてくる人のざわめきや街の音さえも、時翔くん探しの難しさを物語っているようだ。

「残念だが明日の新幹線も早いし、今回は帰ろうと思う」

このままでは九月までに見つけられるかわからないなと思いながら、わかりました、と返事をしようとしたそのとき。

「――――くろ、〝夏の大三角形〟みたいだねとか言っててさ……」

という男の子の声と、遠ざかっていく笑い声がたしかに聞こえた。

「師匠、今のって」

「ああ、夏の大三角形。時翔くんかもしれん」

「追えますか？」

「自転車だったがとりあえず追ってみる。一旦電話を切るよ」

「はい、頑張ってください」

まさかこんなに早く出会えるなんて思ってもみなかった。嬉しくて一人でガッツポーズをしたけれど結局時翔くんは見つからなかったそうで、神様にもてあそばれているような気持ちになった。

しかしあの一瞬で、時翔くんと一緒にいた男の子がリュックサックに『必勝』とぬい込まれたストラップをつけていたのは見えたらしい。手作りだとすると同じものを持っている人はいないから、なにかのヒントになればいいな。

弓を引いて狙いを定め、矢を放つ瞬間を探る。

今だと思い右手を離そうとしたとき、ガシャンという大きな音が聞こえ、動揺で狙いがずれた。矢が的の外に刺さったのを見てまだまだだな、と先ほど音がした方に目をやる。

すると師匠が落とした矢を拾っていた。師匠が矢を落とすのは初めてではないかと驚きつつも、落とした際の面倒なリセットをきびきびとこなす姿はさすがだなと、矢をつがえながらもつい見てしまう。

射場から出ると、私に続いて師匠もこちらに向かってきた。

「久しぶりに落としてしまって焦ったよ。びっくりさせてすまなかったの」

「いえ、失《しつ》の処理すごくきれいでした。また昇段審査の前に教えてください」

私の言葉に、師匠が照れくさそうに頭をかく。

「もちろん。でも失はしないに越したことはないからの」

「はい。そういえば、八月半ばのご予定はいかがですか？　一緒に東京に行きません？」

「ああ……。そのことなんだが」

先ほどからいつもの元気が感じられなかった師匠の顔が、さらに曇った。

東京の夏はなんとなく涼しい印象だったが、むしろアスファルトからの強い照り返しで灼熱《しゃくねつ》のようだった。もうすぐ夕方なのに、ぬぐってもぬぐっても汗が流れてくる。

「美月、ちょっと休憩しようよ」

そんな言葉とともに、朱里が私の肩に手を乗せる。

師匠は体調が優れず病院に行ったところ、胃がんの診断を受けたのだ。手術を受ける関係で、少なくとも九月までに東京に行くことは不可能になってしまった。

「いいけど、そろそろイベントの時間なんじゃないの？」

「ほんとだ、もうこんな時間！　ごめん行ってくるね」

「終わったら連絡してね」

駅に向かって走っていく朱里に手を振る。

師匠が来られなくなり、一人で行こうとしていた私について行くと言ったのは朱里だった。ちょうど私が予定していた日に東京で朱里の推しがイベントをするということで、それ以外の時間は二人で時翔くんを探す予定を組んだ。日帰りでは交通費ももったいないので、二泊三日の小旅行。二日目の今日は考えられる中学校をたくさん回ったが、どこも私たちの頃と違ってセキュリティが厳しく、校庭をのぞいただけでも不審者のような目で見られた。ただでさえ今は夏休み中だから、人が少なく怪しさも際立ってしまう。

とりあえず、もう一度師匠が言っていた、しだれ桜のある場所に行ってみようと歩き出す。一日中歩き回ったおかげで、すでに全身が筋肉痛だ。

木の下に着くと、ちょうど部活帰りらしい男子高校生がいたので声をかけてみる。

「すみません、ちょっといいですか？」

はい、と男子高校生はいぶかしげに私を見る。

「時翔くんって知りませんよね？　時を翔けるって書いて、時翔くん」

すると男子高校生はさらに私を怪しみながら、

「時翔なら、小学生のときに一緒に野球やってましたけど……」

「ほんとに⁉　時翔くんの連絡先ってわかります？」

「いや、あいつ中学受験したから、小学校以来会ってなくてなにもわからないです。ごめんなさい」

「そうなんだ……。どこの中学校にいるかもわからないですよね」

「中学なら知ってますけど。その前にあの、どちら様ですか？」

「ごめん怪しいよね。私は時翔くんの知り合いの、息子さんの知り合いです。嘘っぽいけど嘘じゃないの」

あわてて最後の言葉を付け加えたが、我ながらさらに怪しくなった気がする。

「なんかよくわからないけど、清南《せいなん》学院中学ですよ。あいつと同じ学校に行ったやつが言っていたので、間違いないです」

「清南学院か、有名なところだね。こんな怪しいやつに教えてくれてありがとう」

「いえ。怪しいけど、本当は怪しくない気がするので」

怪しさは一周回ると信用を勝ち取るのかもしれない。

男子高校生と別れた後、急いで師匠と朱里それぞれに時翔くんの中学がわかったとメッセージを送る。

中学がわかって前進はしたものの、まだ震災の日を過ぎていないので接触はできない。それに、学校がわかったからといって、本人にたどり着けるかどうかは別問題だ。先ほど訪れた中学校の厳重なセキュリティを思い出して、深いため息をつく。

そうこうするうちに日が暮れてきたのでホテルに帰り、買ってきたカップ麺をすする。先ほど送ったメッセージが開封されていないところを見ると、朱里はまだイベント中なのだろう。

布団に寝転がりながら清南学院のホームページを検索し、制服や部活の紹介ページを眺めていると二日分の疲れが押し寄せてくる。必死に目を開けて文字を追っていたが、ほどなくして意識が遠のいていった。

爆音に驚いて目を開けると外はもうすっかり明るく、隣のベッドでは朱里が倒れこむように眠っていた。けたたましく鳴り響くのは朱里のスマホから流れる目覚まし音だ。

筋肉痛で重い体を引きずるようにして布団からはい出る。勝手にアラームを止めながら、爆音に全く動じない朱里を揺さぶり起こす。

「おはよう美月……」

「おはよう、もう十時だよ。朱里、昨日いつ帰ったの？」

「日付が変わったくらいかな……ごめんね遅くなって」

まさかと思い自分のスマホを見ると、昨晩朱里からの着信が立て続けに入っていた。

「私の方こそ完全に寝落ちして電話に出られなかった。ごめん」

「大丈夫よ……。さあ、起きるか！」

朱里が気合いを入れて布団を跳ねのけ、私の方に向き直る。

「そうだ、時翔くんの中学わかったんだよね。どうやって突き止めたの？」

「歩いていた高校生の子に一か八かで聞いてみたら、学校名だけ知っていたの」

「すごい奇跡だね」

「そういえば、師匠によれば時翔くんも部活はしてるらしいけど、何部かわからないんだよね……。その高校生の子は昔一緒に野球をしてたって言っていたけど、今も続けているのかな」

「どうだろうね。でも目標は達成じゃない？　学校がわかればこっちのものでしょ」

しかし今日は東京最終日で、電車の時間を気にしなければならない。部活終わりの下校時刻までは待てない可能性もある。

「とりあえず行ってみようか」

私たちはすばやく荷物をまとめて、再び真っ青な空の下へと繰り出した。


「ということで、結局最終日は収穫がないままでした……」

大学病院の一室。窓から入る夕日が師匠の顔を照らしている。

「しかし時翔くんの学校がわかっただけでもすごいことだよ」

ありがとう、と師匠が目尻にしわを寄せる。今日で八月も終わるのに、まだセミが鳴いている。

師匠は手術を受けたが、すぐに数か所に転移が見つかった。進行は比較的ゆるやかだが、しばらくは病院から出られそうにない。

やはりそんなにうまくはいかないようだ。ここまで頑張ってきたけれど、あきらめるしかないのかもしれない。お見舞いに持ってきた花の鮮やかささえも、今の私には少しだけ鬱陶《うっとう》しく思えた。

その日の夜、『関東大震災から明日で百年』という大きな文字がテレビに映し出された。ほんの数か月前まではただの歴史だった出来事が、今では大きな意味を持ってこちらに迫ってくるようだった。あまりの無力感に、ニュースが終わった後も、私はしばらくテレビの前から動くことができないでいた。

街にはたくさんの明かりがきらめいている。十二月、季節は冬を迎えた。

朱里は授業中も寝る間を惜しんで、拓海くんへのクリスマスプレゼントを考えている。

拓海くんも朱里が欲しそうなものを私に聞いてきたりして、なんだか私だけ世界からそっと取り残されたような気持ちになる。

「もうすぐ冬休みだね」

授業が終わり、アルバイトに向かう私と買い物に行く朱里とで、途中まで並んで歩く。

「拓海くんに渡すプレゼントは、もう決めたの？」

高いヒールをはいているのに、朱里はいつもと変わらない速さで歩いている。

「二択までしぼったの。この上着か、このリュック。今から現物を見てたしかめてくる」

と言ってスマホで見せてくれたのは、いかにも拓海くんが好きそうなデザインのもの。

「あんなに膨大《ぼうだい》な候補からよくしぼったね」

そう言うと、朱里は嬉しそうに笑った。

「そうなの。時計とかも考えたんだけど、遠くにいてもパッと見たときに『私のプレゼントを身につけてくれてる』って思いたくて」

遠くにいても。以前師匠が東京に行ったときに見たという、時翔くんと一緒にいた子のストラップの話を思い出す。あきらめるのはまだ早い。もう一度だけ、東京に行ってみよう。今度は学校もわかっているし、時翔くんの友達の目印だってあるから、何とかなるかもしれない。

それに、私の疑問だってまだ何も解決していない。サツキちゃんを見つけてきちんと謝りたい。変なことを聞いて不快にさせたならごめんなさい、って。

「朱里、ありがとう。冬休みに入ったらもう一度、東京に行くことにする」

「なんのありがとう？　でも私、今金欠で一緒に行けないけど、一人で大丈夫？」

「うん。時翔くんもサツキちゃんも見つけてくる」

私の言葉に朱里がほほえむ。

「美月ならきっと大丈夫だね。なにかあったらいつでも連絡して」

「ありがとう。じゃあ買い物頑張って」

「美月もアルバイト頑張ってね！」

最初から私に勝ち目なんてなかったのだろう。ふと年明けのことを思い出す。

冬休み、実家近くの競技場に拓海くんが部活の試合で来たことがあった。それを聞いて帰省した私は、何を差し入れるかさんざん悩んだ挙句、自販機でスポーツドリンクを買って渡したのだった。「彼氏？　お弁当作ってあげなさいよ。カイロなんかもいいんじゃない」と冷やかす母の言葉や「やっぱりレモンのハチミツづけがいいんだよ。俺も若い頃は……」と語り始める父の言葉にゆれ動いた結果が、たった一五〇円のそれだった。

「拓海くんお疲れ様。はいこれ」

心の中で何度も練習していた台詞は飛んで、差し出したペットボトルに乗せる言葉は無愛想なものになった。それでも、

「美月ちゃん、来てくれたんだ！　差し入れありがとう」

好きな人から笑顔をもらっただけで、単純な私には明るい未来が見えた。こんなにも世界の色が変わったのは初めてで、スタンド席から拓海くんを目で追う自分が、まるでドラマのヒロインであるかのように思えた。

それから間もなく、拓海くんと朱里がつきあい始めた。冬休み中、いや、それより前からずっと、朱里が何度も拓海くんにお弁当を作ってあげていたことはそのときに知った。もちろん朱里は例のスポーツドリンクのことなど知る由《よし》もない。私は迷わず、恋より友情を選んだ。

十人いれば十人、いや物好きな人がいる可能性に賭けても九人は、私ではなく朱里を選ぶだろう。私にかわいらしさやほがらかさが足りないことを除いても、好きな人への差し入れが飲み物一本か手作りのお弁当かの溝はかなり深いと思う。いや、原因はそこだと思い込もうとしている。

それでもこんな私を選んでくれる人が一人でもいるのなら、そんな未来があるのなら、今を精一杯生きていこう。

寒空の下、そんな誓いとともに大きく息を吸いこんだ。

東京も冬はしっかりと寒い。吹き抜ける北風が、絶え間なく私の頬を刺していく。

ふと視線を上げると、昨日クリスマスが終わったばかりだというのに、街はこれから迎える新年の色に染まっていた。勢いで東京に来たものの、捜索のプロでもない私には効率的な探し方がわからないので、以前師匠が時翔くんたちとすれ違った場所であてもなく立っている。

「お姉さん、さっきからそこでなにをされてるんですか?」

真冬の住宅街で長時間周囲を見回している私を怪しんだのか、巡回中の警察官が声をかけてくる。

「すみません。友人を待っています」

嘘をついたはいいものの、そろそろ体の芯から凍りつきそうなので、待つのはあと一時間だけにしようと決める。

感覚のなくなった指で、もう一度清南学院の制服をスマホで検索する。男子の制服はどれも同じに見えるから自信はないけれど、よく目に焼きつけておく。

もし何か手がかりをつかめたら、急いで『桜阪塾《おうはん》』へ向かおうと決めていた。桜阪塾は元々私が高校時代に通っていた全国展開の塾で、サツキちゃんとの通話でも何度か話に出てきた場所だ。通う校舎は違えど講師の先生はお互い知っている人が多く、話に花が咲いたのだ。入塾して間もないと言っていたから、今も継続して通っているかはわからないけれど。

調べてみると、都内に桜阪塾は八校あった。何校か回ってみて、パンフレットをもらうふりをして少しだけ中に入ろう。

途方もない計画にため息がもれたそのとき、見覚えのある制服の男の子が自転車でこちらに向かってくるのが見えた。

時翔くんのこと、何か知っているかもしれない。そう思って、

「すみません！」

と大きく手を振りながら声を張り上げると、男の子は目の前で止まってくれた。

「ちょっとお聞きしたいことが」

そこまで言って私は息を呑《の》んだ。彼のリュックサックには、例の『必勝』ストラップがついていたのだ。

私が混乱した頭を整理していると、今度は男の子が驚きの声を上げた。

「あの、マイグラムのＭＯＯＮさんですか？　俺、大ファンです」

「そうですけど……よくわかりましたね。ファンだなんて嬉しい。ありがとうございます」

「いつも投稿見てるのでわかりますよ。一緒に写真撮ってもらってもいいですか？」

時翔くんの友達に出会ったと思ったら、まさか私のフォロワーさんだったなんて、どういう巡りあわせなのだろう。いろいろなことが一気に起こりすぎて理解が追いつかない。

「ぜひぜひ。撮りましょう」

男の子の端末に笑顔を向ける。私なんかに緊張してくれているのか、彼の笑顔は少しぎこちなかった。

「ありがとうございます。待ち受け画面に設定します」

「恥ずかしいよ。あ、ねえきみ、時翔くんって知ってるよね？」

私の口から突然友達の名前が出たので、男の子は目を見開いた。

「時翔、めっちゃ仲いいですよ。知り合いですか？」

「事情は言えないんだけど、時翔くんを探していて。電話番号とか、知らないかな？」

するとと男の子は首を横に振り、すみませんとつぶやいたので、私もあわてて首を振る。

「そうだよね、ごめん。いくらなんでも知らない人に教えられないよね」

「あ、いえ。いつもアプリを使って連絡取ってるので、番号を知らないんです。時翔に聞いときましょうか？　あいつSNSやってないから、わかり次第MOONさんのマイグラムに俺からメッセージ送りますよ」

「ほんと!?　ありがとう、助かる……」

男の子のアカウント名は『樹』だと教えてもらった。あまりの偶然とひとまずの安堵に、膝から崩れ落ちそうになった。

「こちらこそ写真ありがとうございました！　これからも応援してます」

「ありがとう。時翔くんにもよろしくね」

彼と別れた後、急いで桜阪塾に走った。時間の制約の中で都内の三校を回り、塾にいる中高生たちにちらちら見られながらもサツキちゃんを探す。

しかし樹くんとの出会いで運は使い果たしたのかサツキちゃんは見つからず、

三校目の塾長が偶然にも私の恩師だったので、軽く雑談をして帰ることにした。

次の日、樹くんからメッセージが届いた。

『時翔、知らない人には電話番号教えたくないって言うので、マイグラム入れてMOONさんにメッセージ送らせます！　でもあいつ受験で忙しいので、新学期始まってからでも大丈夫ですか？』

知らない人に番号を教えないのは当然のことだが、中学生なのにしっかりしているなと感心してしまう。

『連絡ありがとう！　マイグラム、新学期で大丈夫だよ。よろしくお願いします』

少しずつ、しかし確実に、何かが動き始めている。

そう思うと心なしか、師匠のお見舞いに向かう足取りも軽くなった。

年が明け、実家から戻った次の日、朱里が鍋料理を作ってくれた。お正月ということでエビやホタテなどの豪華な食材を二人で奮発し、朱里の絶妙な味付けで食べる鍋は本当においしい。あまりにおいしいおいしいと言っていると、朱里に「でも切って煮ただけだよ？」と突っ込まれた。

「それにしても、美月は行動力あるよね。私なら塾の前まで行っても入れないわ」

切って煮ただけと言っていた割に、朱里は私以上に目を細めてエビをほおばっている。

「時間が経つほど、サツキちゃんがいなくなったのは私のせいなんじゃないかって思えてきて。結局見つからなかったけどね」

「美月は自分を責めすぎ。そんなに一生懸命探してもらえるなんて、サツキちゃんは幸せだよ」

「でも結局なにもできてないしなあ」

ネガティブになった私のすきをついて朱里が最後のエビを奪い去ったとき、私のマイグラムにメッセージが入った。

「あ！　時翔くんからだ！」

『トキト』というアカウントから送られたメッセージの書き出しに、『はじめまして。樹から……』とあるので、間違いない。

「私も見たい！」

いつの間にか背後に回ってきた朱里と一緒にメッセージを読み始める。

『はじめまして。樹から僕を探している方がいると聞いたので、このアカウントを作ってメッセージをお送りしました。まず、なぜMOONさんが僕を探しているのか、教えていただけますか？』

ようやく時翔くんとつながることができた感動で、スマホを持つ手が震える。

「ほんとに時翔くんじゃん。美月すごいよ」

「やっとつながれた……」

震える指で返事を打ち、誤字と訂正を繰り返しながら、やっとの思いで文を完成させる。

「そんなに訂正しなくても、誤字があってもちゃんと伝わるよ」

あまりの打ち直しに、後ろからあきれた声が飛んでくる。

「それでも完璧に伝えたいの」

千代子さんに関して伝えたいことがあるから、春休みに入って時翔くんの受験が終わり次第すぐに東京で会ってほしいという返事を送る。するとすぐに既読がつき、時翔くんからあわてていることが一目でわかる、誤字だらけの返事が届いた。

「ほら。誤字があってもちゃんと伝わるでしょ?」

「たしかに」

「文章よりもね、伝えたいっていうマインドが大事なのよ」

「それにしても、朱里はいつも誤字が多すぎるよ」

「うっ」

自慢げだった朱里が言葉につまり、二人で顔を見合わせて笑う。

千代子さんと時翔くんの文通開始から一年が経つ年の始まりに、ようやく百年の時を超えた恋物語が完結する未来がひらけた。


約束の時間にはまだ余裕があるのに、ついつい足取りが速くなる。

春の心地良さはどこも同じだと思っていたが、東京に着いてからの空気は普段の何倍もおいしく感じた。

猛暑のなか朱里とともに歩き回った八月や、寒空の下で一人たたずんだ十二月を思い出しながら、師匠の車椅子を押す。

「美月ちゃん、そんなに速く歩いて大丈夫かい」

師匠が私を振り返る。

「あ、すみません」

「わしは大丈夫だよ。美月ちゃんが大変じゃないかと思ってな」

そう言って冷静を装う師匠も、駅に着いたときからずっとそわそわしている。

師匠は担当のお医者さんに頼みこんで、今日だけ外出許可をもらった。しかし病院の玄関まで見送りに来てくれた看護師さんからは、「激しい運動は控えてくださいね」と何度も念を押されていた。激しい運動はしなくても、これから師匠の体内でそれを超える血圧の上昇が起こりそうで心配になり、薬を飲むよう勧めておく。

「それにしても美月ちゃん、本当によく頑張ってくれたね。感謝してもしきれんよ」

薬を水で流しこみながら、師匠がまた感謝を口にする。

「それ何回言うんですか。むしろこんなすてきなことに関わる機会をいただけて、私の方こそ感謝しています」

「そう言ってもらえて嬉しいのう」

そうこうするうちに、待ち合わせ場所のしだれ桜の木が見えてきた。普段よく見るソメイヨシノと比べるとほのかなやわらかさがあり、私たちを歓迎してくれているように思える。

その満開の桜の下にはすでに男の子が立っていた。師匠も彼に気づいて、千代子さんの手紙が入ったかばんを一層大切そうに抱え直す。

「いよいよですね」

「ああ、いよいよだ」

一度その場に止まり、深呼吸をする。車椅子の持ち手を握る手が汗ばむ。

心を落ち着かせて、一歩、二歩と踏み出す。意識して歩かないと、足がもつれてしまいそうだ。

数メートル進むと、桜の下に立つ男の子が私たちに気づいて頭を下げたので、私と師匠も揃ってお辞儀を返す。彼は私たちの方に駆け寄ってきてくれた。

「時翔くん、ですか？」

私がそう問いかけると、彼はこくりとうなずいた。彼の目元には、聞いていた通りにほくろが三つ。

「はい。千代子ちゃんの息子さんと、MOONさんですよね？」

やっと出会えた。やっと出会えましたよ、千代子さん。

心がいっぱいになって、一度も会ったことのない千代子さんに報告する。まだ時翔くんに何も伝えていないのに、いろいろな感情がごちゃ混ぜになって、私の涙腺はすでに決壊しそうだ。

「時翔くん。なにはともあれ、これを読んでくれないか」

そう言って師匠が手紙を差し出すと、時翔くんは両手でそれを受け取り、大きく息を吸った。

「これって、千代子ちゃんからの……」

「そう。母が最後に書いた、時翔くんへの手紙だ」

その言葉を聞き、時翔くんは手の震えを抑えながら、ていねいに封を破って中身を取り出す。

手紙を開いた瞬間、千代子さんの文字を見ただけで、時翔くんの目から大粒の涙がこぼれ落ちる。

それを見た師匠は振り返って、私だけに聞こえる声で、

「わしらは少し離れていようか」

とほほえんだ。

数分後、時翔くんは泣きはらした目をしてこちらに来た。

「本当に……本当にありがとうございました。大好きだったんです、千代子ちゃんのこと。それがあんな形で手紙が届かなくなって、ずっと後悔していたんです。なんであのときもっと早く震災に気づけなかったんだろう、千代子ちゃんはなにも教えなかった僕を恨んだかもしれないって。でもこんな手紙をもらえるなんて、おおげさかもしれないけど、生きていてよかったです。息子さん

もMOONさんも、僕を探してくれて本当にありがとうございました」

時翔くんの言葉に、涙で視界がにじむ。師匠もハンカチで目元をぬぐってい
る。

「こちらこそありがとう。時翔くんがいてくれたから関東大震災を乗り越えら
れたのだと、母は言っておった。父と結婚してからも、母にとって時翔くんは
忘れられない人だったようだ」

師匠の言葉に、私も何度も首を縦に振る。

「私もこんなすてきなことに関われたこと、きっと一生忘れない」

「そんな。本当に感謝でいっぱいです」

そういえば、と時翔くんが続ける。

「息子さんと美月さんってどういうご関係なんですか？　娘さんですか？」

私たちを見比べる目があまりにも真剣で、つい吹き出してしまう。

「違う違う。私、高校時代から弓道を習っていて、その先生が師匠なの」

そう説明しながら、私は今の時翔くんの言葉に違和感を覚えた。

「なるほど」とうなずく時翔くんと「娘にしちゃあ歳が離れすぎとるよ」と笑う師匠を見ながらも頭をフル稼働させ、違和感の正体を考える。

『息子さんと美月さんってどういうご関係なんですか？』

息子さんと、美月さん。時翔くんはたしかにそう言った。

どうして時翔くんは私の本名を知っているのだろう。

二人が楽しそうに話しているなか、必死に記憶をたどる。

マイグラムで本名を公開したことは一度もない。時翔くんとメッセージをするようになってからも本名は伝えていない。友人の樹くんにだって言っていない。そもそも先ほどまで、時翔くんは私を『ＭＯＯＮさん』と呼んでいたはずだ。

「ねえ、どうして」

そうつぶやいた私に、二人は不思議そうな目を向ける。

「どうしました？」

正直聞くのが怖かった。しかし聞かなければならないという直感が、私に言葉を紡《つむ》がせる。

「時翔くんは、どうして私の名前を知っているの？」

一瞬の静寂が私たちを包む。

「美月さん。芽衣ちゃんのこと、ご存じですよね？」

「芽衣さん？　ごめんわからない……」

困惑した私を見て時翔くんは、ああそうか、と何かに気づき、

「サツキです。前までマイグラムで美月さんと仲よくしていた」

意外な名前に言葉を失った。危うく息が止まりそうになる。

「サツキちゃん……？　なんで時翔くんがサツキちゃんのこと」

「友達なんです。芽衣ちゃん、会ったときはいつも僕に美月さんの話をするんです。だからMOONさんからメッセージをいただいたとき、すぐに美月さん

だってわかりました。今まで黙っていてごめんなさい」

時翔くんが申し訳なさそうに頭を下げる。

夢を見ているようだった。時翔くんの言葉は頭では理解できる。でも、

「じゃあどうして？　どうしていつも私の話をしてくれていたのに、サツキちゃんは私から離れたの？　私が変なこと聞いちゃったから？」

「変なこと、ですか？」

「彼氏がいるかどうか聞いてからなの。連絡が取れなくなったのは」

私の言葉に時翔くんは一瞬何かを考えてから、「自分の話で申し訳ないんですけど」と切り出した。

「僕は、千代子ちゃんに変に思われて文通が途絶えてしまうのが怖くて、なかなか想いを伝えられませんでした」

時翔くんが伝えたいことが、わかりそうでわからない。すでに師匠は私たちの話を聞いて何かに気づいた様子でこちらを見ている。

「それってどういう……」

そこまで言ってやっとわかった。サツキちゃんが想ってくれていたのは、私だったのだ。『サツキちゃんなら、きっとすぐにすてきな彼氏ができるよ』。あのときの自分の言葉がよみがえる。私にとっては本当になにげない言葉だった。でもその言葉で、サツキちゃんはどれほど傷ついただろう。痛かっただろう。

ああ、私って本当に馬鹿で鈍感だ。

「どうしよう。私、サツキちゃんのこと傷つけた。会って謝りたい。でも、会わない方がいいのかな……」

たとえ会ったって、私はきっとサツキちゃんの想いに応えることができない。サツキちゃんだってこんなデリカシーのない私に会いたいとは思わないだろう。しかしこのままサツキちゃんとの思い出を、関係をなかったことにすることも到底できそうにない。

どうするのが正解なのか、答えが見つからない。

　すると時翔くんは、大切そうに持っている千代子さんからの手紙に目をやった。

「僕たちは、どれだけ会いたくても会えなかったんです。それなのに会って話ができる美月さんと芽衣ちゃんが、会わない理由はないはずです」

　ぼんやりと千代子さんの手紙を見つめながら、もう一度自分の気持ちを整理する。

　私はサツキちゃんの気持ちを知っても変わったりなんかしない。むしろ今まで以上に仲よくなりたい。サツキちゃんさえよければ、親友になりたい。

「芽衣ちゃんも、許されるなら美月さんともう一度話したいって言ってましたよ。恋人にはなれなくても、今度はありのままの自分で美月さんと仲よくしたいって」

　勇気を持って一歩踏み出すこと。相手への想いを伝えること。その大切さを、私は時翔くんと千代子さんから学んだはずだ。

「時翔くん、サツキちゃんの連絡先ってわかる？」

「もちろんです。でも勝手に教えるのは気が引けるので、本人に聞いてからでもいいですか？」

「ありがとう。もちろんだよ」

泣き笑いの顔になった私に向かって、時翔くんはいたずらっ子のようにほほえんだ。

「任せてください。今度は僕が、お二人をつなげます」

力強いその言葉に、師匠も笑顔で深くうなずく。

そのとき強い風が吹いて、しだれ桜の木が揺れた。風に乗ってやってきた花びらは時を超えた大恋愛を祝福し、私とサツキちゃんの再会を待ち望むかのように優しい色をしていた。

エピローグ

空港へ向かう車内は、普段の何倍も静かだった。ハンドルを握る父さんは運転に集中しているし、助手席に座る母さんはもの思いにふけっているようだ。珍しく一言も発しない裕翔をちらりと見ると、ちょうど手で目元をぬぐうところだった。裕翔は僕の視線に気づくと、あわてた様子で顔をそむけた。

僕も樹たちからのメッセージに返事をし終え、なんとなく外に目をやった。すると通っていた塾の看板が見えたので、さようなら、と心の中でつぶやいた。

「会ったことのないＳＮＳでの友達を、どうしてそんなに一生懸命探していたのですか？」

千代子ちゃんからの手紙を受け取った日、僕は美月さんにずっと気になっていたことを聞いた。美月さんが芽衣ちゃんを探していることを知ったのは、芽衣ちゃんが僕に悩みを相談してくれた次の日だった。帰り際に塾長と雑談中、前日に見かけた卒業生の女性の話になり、彼女が今、SNSで知り合った友人を探していることを知った。その瞬間、美月さんだ、とすぐに芽衣ちゃんの話とつながったのだ。つまりあの日、芽衣ちゃんが帰り際に突然教室へ戻ったのは、受付で塾長と話す美月さんを見て動揺したからだったのだろう。

「心の奥でずっと求めていた言葉を、サツキちゃんがくれたの」

美月さんのこだわりの文章が好き。マイグラムでもらう何千の『いいね』よりも、はるかに大きくて温かい芽衣ちゃんからの『いいね』を、美月さんはどうしても忘れることができなかった。

赤信号で車が停まる。ふと、千代子ちゃんからの最後の手紙をもう一度読みたくなった。さすがに家族の前で紙は出せないので、スマホで撮った手紙の写真を拡大して。すでに数えきれないくらい読み返したおかげで、一言一句《いちごんいっく》、ほとんど覚えているけれど。

きれいに並んだ千代子ちゃんの文字からは、あの日咲いていた桜の香りがした。

『時翔くん
お元気ですか？　時翔くんのことだから、きっとみんなに愛されながら、楽しく毎日を過ごしているのだろうな。

あのときはお手紙ありがとう。私は震災から奇跡的に生き残って、今こうして長生きできています。

震災に遭《あ》って何週間か後に家のあった場所に行ったら、時翔くんからの手紙が落ちていました。他のものは全部燃えてなくなっていたのに。火が消えてから届いたのかもしれません。

私を助けようとしてくれてありがとう。時翔くんの手紙を読んで、涙が止まりませんでした。

私はあんなに勝手に気持ちをぶつけたのに。すぐに返事を書いたのだけど、もうそちらの時代には届かないみたいでした。

そういえば、洗濯機もエアコンもこの目で見ることができました。洗濯機は私が誰よりも先に考えたと思っているけどね。他にも時翔くんの言っていたたくさんの機械で、生活が豊かになりました。

時翔くん、以前、手紙に「ありのままでいてほしい」と書いてくれたこと、覚えてる？　いま思うとあの頃の私は、ずっと誰かにそう言ってほしかったのかもしれません。そしてあの言葉があったから、つらいことも乗り越えられた。すてきな言葉をくれて、本当にありがとう。

直接会ってお礼を言いたいのだけれど、私は病気でもうすぐこの世を去ります。

時翔くん。私たち、未来のどこかで会えるよね。楽しみにしています。

千代子より』

『すてきな言葉をくれて、本当にありがとう』。僕も千代子ちゃんに、忘れられないほど大きくて温かな『いいね』を贈ることができたのかな。

好きだと伝えられなかったことは、きっといつまでも悔やまれる。それでも僕の言葉で千代子ちゃんが少しでも前を向けたのだとしたら、それ以上に嬉しいことはない。

「私の想いは千代《ちよ》に続くのよ」

息子さんによると千代子ちゃんは生前、自分の名前を引き合いに出して言っていたそうだ。『時翔くん』には負けないよ、とも。

百年の時を超えて、千年の時を超えて。もしもまた千代子ちゃんと話ができたなら、今度こそ伝えたい。千代子ちゃんの優しさや強さ、全てが大好きだったと。

信号が青に変わり、停まっていた車が動き出す。
住み慣れた東京の街に別れを告げ、僕はこれからの生活に思いを馳《は》せた。

[初出]
書籍化にあたって、monogatary.com
「夜遊びコンテストvol.2」大賞受賞作
『大正ロマンス』に
大幅な加筆修正を加えています。

[編集協力]
株式会社ソニー・ミュージックエンタテインメント

[カバーイラスト]
窪之内英策

[Special Thanks]
NTTドコモ「Quadratic Playground」

[ブックデザイン]
bookwall

本書は、2021年9月に小社より
単行本として刊行されたものです。

プレミアム特典動画　購入者全員サービス

本書（単行本・文庫）を、ご購入いただいた方のみが見られる
特典動画を用意しました。
スマートフォンで下記のQRコードを読み取ることで、
特典動画を見ることができます。

視聴方法

動画の視聴はスマートフォンでQRコードを読み込み、
画面の指示に従って映像をお楽しみください。

※ Wi-Fi等での鑑賞をお勧めします。

注意

- コンテンツ内容は予告なく変更することがあります。
- 2023年9月までの配信を予定していますが、予告なく中断することがあります。
- 朗読内容には本書に掲載された作品と異なる箇所があります。
- このコンテンツの利用に際し、端末不良・故障・不具合、及び、体調不良などが発生したとしても、そのすべての責任を弊社は負いません。すべて自己責任で視聴してください。
- 動画やQRコードを無断で公開した場合、相応の対応を行います。

双葉文庫

よ-23-02

大正浪漫《たいしようろまん》

YOASOBI『大正浪漫』原作小説《よあそびたいしようろまんげんさくしようせつ》

2022年9月11日　第1刷発行
2024年5月21日　第3刷発行

【著者】

NATSUMI《なつみ》

【発行者】
島野浩二
【発行所】
株式会社双葉社
〒162-8540 東京都新宿区東五軒町3番28号
［電話］03-5261-4818(営業部)　03-5261-4828(編集部)
www.futabasha.co.jp（双葉社の書籍・コミックが買えます）
【印刷所】
大日本印刷株式会社
【製本所】
大日本印刷株式会社
【カバー印刷】
株式会社久栄社
【DTP】
株式会社ビーワークス

【フォーマット・デザイン】
日下潤一

ISBN978-4-575-52608-0 C0193
Printed in Japan